Vasco Luís Curado

A VIDA VERDADEIRA

Vasco Luís Curado

A VIDA VERDADEIRA

Romance

D.QUIXOTE

Título: *A Vida Verdadeira*
© 2010, Vasco Luís Curado e Publicações Dom Quixote
Edição: Maria do Rosário Pedreira

Este livro foi composto em Rongel,
fonte tipográfica desenhada por Mário Feliciano
Capa: Panóplia®
Paginação: Patrícia Louro
Impressão e acabamento: Eigal, Indústria Gráfica S.A.

1.ª edição: Junho de 2010
Depósito legal n.º 309 872/10
ISBN: 978-972-20-4086-0
Reservados todos os direitos

Publicações Dom Quixote
Uma editora do Grupo Leya
Rua Cidade de Córdova, n.º 2
2610-038 Alfragide · Portugal
www.dquixote.pt
www.leya.com

ÍNDICE

1	Abro-lhes o portão	9
2	Defesa	15
3	Ondas maternas	21
4	V de Vaca e o guardião dos mitos	37
5	Um assunto para profissionais	43
6	As Malafaias	49
7	O tio Horácio	55
8	A guerra	67
9	O primeiro morto	77
10	Um século de saudades	83
11	O professor Emanuel	89
12	Dois irmãos	107
13	Declínio do tio Horácio	113
14	Funeral	123
15	As viagens	129
16	A casa vazia	143
17	As letras	149
18	Irene vai-se embora	163
19	Espera e adiamento	169
20	O sonhador	175
21	Assino a escritura	191
22	O centro	195

1
Abro-lhes o portão

É hoje que vêm cá. Devem estar aí não tarda. Falaram em fotografar, não percebi bem. Estou à espera deles. Espreito por entre as cortinas. Olho para o portão, mas não está lá ninguém. Para lá do portão está a cidade, ou melhor, a sua periferia, que em tempos chegou a estar a dois quilómetros do portão e agora quase toca nele. A cidade termina ali, ou começa ali. O que vejo são as traseiras de prédios baixos, considerados modernos e luxuosos pelos folhetos publicitários que voaram para o lado de cá do portão. Há uma estrada asfaltada que corre paralela à correnteza de edifícios e para onde vêm adolescentes brincar com patins e bicicletas. Boa parte do dia ouço o deslizar das rodas sobre o asfalto, o choque das suas acrobacias contra os postes, as suas vozes e os seus gritos, os rádios que trazem em altos berros. Por vezes verifico que estou a ser espiado ao mesmo tempo que os espio, eles espreitando pelas grades do portão, eu por entre as cortinas. Examinamo-nos mutuamente com curiosidade e estranheza, como se pertencêssemos a espécies diferentes: eles livres e em manada, eu em cativeiro. A minha vista do horizonte, agora, são esses polígonos de vidro e aço que substituíram as casas antigas e as outras quintas, que foram sucumbindo, uma após outra, ao sabor dos óbitos, das partilhas, das heranças, das liquidações, sempre aproveitados pela especulação dos agentes imobiliários. Esses polígonos brilham ao sol, ofuscam com os seus reflexos. Num raio de vários quilómetros só resiste esta casa. Mas já está condenada, já foi decretada a sua sentença de morte, e eu sou apenas aquele que ficou para abrir a porta aos seus carrascos.

    A casa e a quinta estão à venda e parece que está tudo encaminhado para se consumar brevemente. Compete-me, para já, receber os agentes da imobiliária. Represento a família em todos os actos legais necessários. Os meus pais, cedendo perante uma velhice que ia precisar de um espaço menos exigente, menos trabalhoso, atraídos por uma pequena cidade do interior onde a minha mãe sempre se sentiu mais confortável por ser a sua, deixaram-nos aqui sozinhos, a mim e à Irene. Agora sou só eu. Sou o último. Devo zelar para que tudo fique fechado.

    Dedico-me a verificar portas e janelas. Consolido fechaduras e cadeados, experimento a sua resistência, como se eu fosse o possível intruso e devesse testar as forças que se me opõem. Abro uma janela ou uma porta só para testar a sua solidez. Faço rondas, verifico repetidamente as torneiras do gás e os botões do fogão, o que serve para ocupar o tempo e justificar as próprias rondas. Tenho de andar em círculos e, nesse circuito fechado, vou fazendo pequenas coisas, repito gestos, verifico e torno a verificar. Que mais poderia fazer? Estendo para o terreno da quinta as minhas deambulações. Acontece-me, muitas vezes, hesitar entre fechar-me no interior ou sair para o espaço livre – livre, embora bem delimitado pelo muro. Desses passeios regresso com vontade de fechar a porta da rua atrás de mim e trancá-la novamente. Talvez seja apenas por hábito, por comodismo, que continuo separado dos outros, por um impulso que se tornou obsoleto. Têm ainda alguma actualidade os cartazes que coloquei no portão em letras destacadas? Um deles diz: Propriedade privada – não entrar. Outro: Cuidado com o cão. Quando pendurei estes cartazes fui corroído por dúvidas sobre estes mesmos avisos e exortações: num mundo onde cada um está por sua própria conta e risco, uma mensagem pode sempre surtir o efeito oposto ao que deseja, e aquilo que pretende ser proibição pode, perfeitamente, provocar curiosidade e atracção. Se fui capaz de mentir, avisando sobre um cão que não existe, também o eventual intruso pode tentar arriscar um encontro com um cão que supõe existir.

Há, por estes dias, como que uma sensação de espera. Aguardo resoluções. Algo está prestes a realizar-se. Mobilizo-me, enérgico, inspirado por um grande propósito, uma determinação invencível, e penso em dirigir-me para a rua como quem vai empreender alguma coisa grande e a partir da qual nada vai ser como dantes. Mas assim que chego ao exterior a minha energia esmorece e já não sei que propósito elevado e altamente meritório me tinha lá levado.

Ei-los. Estão a tocar. Abro-lhes o portão. É uma mulher e um homem, da agência de mediação imobiliária. A mulher está a olhar, meio perplexa, para os meus cartazes.

Diz que se chama Gabriela, enquanto alisa instintivamente o cabelo que não precisava de ser alisado. Apresenta-me o homem que, sempre um passo ou dois atrás, avança timidamente para me apertar a mão, torna a recuar e não diz uma palavra.

Vão tirar algumas fotografias para o sítio da agência na Internet. Está bem visto. São profissionais, tenho de reconhecer. Fotografar isto. De repente, olho para a máquina fotográfica pendurada ao pescoço do homem como se encerrasse algum poder sobrenatural sobre a casa. Algo vai acontecer. Algo pode ainda acontecer que... Não. Não vai acontecer nada que não seja a liquidação da casa. As fotografias que vão ser feitas são o princípio do fim da casa, não outra coisa.

– Tem por aí um cão? – pergunta Gabriela, num trejeito sedutor que se destina a comunicar-me que é bonita e desejável e tem medo do cão.

– Sim, mas está preso. Não se preocupe.

Daria de mim uma imagem muito estranha estar a explicar-lhe que o cão não existe, pelo que não alimento o assunto.

O fotógrafo autonomizou-se da colega e deambula à procura de ângulos propícios para os seus disparos. Gabriela rodopia sobre si própria. Domina as perspectivas em volta e vejo que está a sorrir vagamente.

Percebo a sua satisfação. A última quinta tinha de ser um troféu apetecível. Ela olha repetidamente para a fileira de prédios defronte do portão, como se já imaginasse outros iguais aqui onde estamos.

Vamos contornando a casa. O fotógrafo ora está atrás de nós, ora à nossa frente. Vê através das lentes da máquina, por isso o seu percurso é diferente do nosso.

Gabriela observa as manchas de humidade e as rachas nas paredes, as telhas derrubadas, as janelas entaipadas.

– Já só estou a habitar uma parte – afirmo, numa voz encenada, tão diferente da voz dos meus pensamentos. – O resto já está fechado.

Olhei-lhe sem querer para o decote avantajado, mas acho que ela não reparou, porque estava a observar os próprios sapatos mergulhados na erva inculta que cresceu desmesuradamente por aqui.

Voltámos ao ponto de partida. Ela faz um compasso de espera, para que o fotógrafo se nos junte, e, enquanto isso, torna a ajeitar o cabelo que nunca deixou de estar ajeitado.

Tem tudo sob controlo. Como sorrir, o que dizer em cada momento para preencher o vazio, os meus passos, os passos do fotógrafo.

Assim que entramos, ela apercebe-se de que os compartimentos mais próximos são os que eu ainda habito. Indica o caminho ao fotógrafo e internam-se no resto da casa. O que eles querem são paredes vazias, quartos despidos, tudo o que houver de soturno e decadente, para o eventual construtor ver que a demolição é fácil, que a casa já só está à espera disso.

Sigo-os, contrariado. Tenciono deixá-los evoluir como quiserem. Que deambulem. Ela vai espreitando por aqui e por ali, mas sente o meu afastamento e pergunta-me, num tom formal e apelativo:

– Há alguma coisa que me queira mostrar, senhor Vergílio?

Quer manter-me pelo menos ao alcance da sua voz. Quer manter-me focado, interessado. Está a fazer o seu trabalho. De nada me vale boicotá-lo.

– Não, não há nada de especial – digo, reaproximando-me.

Seguimos os flashes do fotógrafo, que se internou mais do que nós pelos corredores.

– Aí não há luz – informo. – Desliguei o quadro eléctrico e não o tornei a ligar.

– Não tem importância, senhor Vergílio. Ainda dá para ver alguma coisa.

Enquanto o fotógrafo sobe ao primeiro andar para tirar fotografias da vista que as janelas oferecem, Gabriela vai-me mantendo a par das coisas. Diz que não vai demorar muito tempo a aparecer comprador a partir do momento em que puserem as fotografias na Internet.

Percebo a pressa de toda a gente. A agência imobiliária ficará com quatro por cento do preço da venda. O comprador dividirá o terreno em lotes urbanizados. Cada lote por vender será um alfinete de cabeça vermelha no mapa do terreno que pendurará no seu escritório, cada lote já vendido um alfinete de cabeça verde. Lotes, eis a palavra-chave. Quase não são necessárias fotografias. Nos últimos anos, os meus pais receberam propostas de compra. Sempre houve construtores e empresários de olho nisto.

– Quando nos aparecer alguém, senhor Vergílio, que queira cá vir ver pessoalmente, o senhor Vergílio estará disponível para o receber, juntamente comigo, senhor Vergílio?

– Estarei – digo, pondo firmeza nesta simples palavra, fazendo dela um escudo contra tantos senhores Vergílios. Nos últimos minutos, esta mulher já me tratou por senhor Vergílio mais vezes do que todas as outras pessoas desde sempre.

Explica-me que o comprador também faz os seus cálculos: quantos prédios cabem na propriedade, a altura autorizada dos prédios, o número de andares, se o dinheiro que vai pagar compensa o que prevê ganhar com a venda dos andares. O habitual, garante-me ela.

O fotógrafo reaparece. Pelo modo como agora mexe na máquina comunica-nos, sem palavras, que está satisfeito.

Contornamos pela segunda vez a casa em direcção ao terreno que se estende para lá da nossa vista, escondido por sebes descuidadas.

Piso, pela milésima vez, estes caminhos, olho para os meus sapatos que desaparecem na relva crescida e, involuntariamente, olho para os sapatos de salto alto da mediadora imobiliária e para as botas do fotógrafo, estranhos a este terreno, a este lugar. Calco aos meus pés as minhas memórias e fico escandalizado por aqueles estranhos calcarem também, com toda a desenvoltura, as minhas memórias, sem tropeçarem nelas nem se magoarem.

2
Defesa

Aquela conversa sobre a altura dos andares que serão construídos permite-me ver, com mais clareza, o que vai acontecer. Escavadoras e tractores vão deitar abaixo estas paredes, arrancar as suas fundações, varrer todo o amontoado de entulho onde estarão confundidos e estropiados os restos das nossas vidas que ainda sobrevivem como emanações agarradas à humidade das paredes. As máquinas vão varrer pedras e raízes de árvores, vão alisar o terreno que já aqui estava muito antes da edificação da casa; será como se esta nunca tivesse existido. E, no seu lugar, o que será construído? Aqui entretenho-me com uma fantasia pessoal. Vejo um prédio de escritórios, um desses monólitos envidraçados, com escadas de mármore sólido e limpo e uma majestosa porta principal, atrás da qual um porteiro fardado se perfila e saúda o visitante. Nesse prédio agitar-se-á diariamente uma vida de trabalho, pessoas desencontradas que, de escritório para escritório, nada saberão umas das outras, mantidas a salvo dos espaços autocentrados das famílias, das emanações emocionais que tornam densa a atmosfera das casas familiares.

Onde estão as silvas agrestes e os caminhos lamacentos que nos circundavam como um escudo? Para onde foram as nossas abelhas-sentinelas? O abate do mato circundante extinguiu as abelhas e o seu zumbido, que nos era familiar no Verão, assim como apagou as azinhagas e os caminhos que ficavam cheios de lama no Inverno e que, antigamente, gostávamos de ver como barreiras de defesa que tornavam difícil o acesso ao nosso portão. O isolamento do exterior vinha, afinal, sendo cultivado há muitos anos, primeiro pelos meus pais, agora por mim. Para a defesa e segurança familiar contávamos, ingenuamente, com a lama no Inverno e as abelhas no Verão, mas também, já não tão ingenuamente, com uma série de obras de reforço e manutenção empreendidas há muito tempo, quando o mato que nos envolvia parecia ir durar para sempre e a cidade não prometia crescer para estes lados. Foram feitas essas obras, e agora elas degradam-se também, tal como o resto da casa. As obras de melhoria e reforço dos materiais, propiciadoras de segurança, já pouco defendem e seguram quando penso na inutilidade da própria ideia de defesa e segurança.

O começo da instalação de um sistema defensivo foi o arame farpado e os pedaços de vidro partido ao longo de todo o muro. Na altura, isso pareceu excesso de zelo. Absorvido por preocupações e pressentimentos que nem sempre partilhava connosco, o meu pai tomou aquelas medidas e foi diligente a levá-las à prática. Um dia, regressando de uma ida à cidade, descarregou da carrinha uma quantidade de arame farpado que se diria interminável e caixotes cheios de garrafas vazias. Nas horas seguintes dedicou-se a preparar todo este material. O ruído das garrafas a serem estilhaçadas contra o muro parecia uma brincadeira e, de facto, o pai sorria levemente, como se tivesse gosto nessa actividade de quebrar as garrafas contra a parede. O barulho atraiu-me e quase senti inveja por não participar no jogo. Ele parecia uma criança grande que procedesse ao arremesso sistemático das garrafas e ao seu estilhaçamento. Poder-se-ia acreditar que inventara um novo entretenimento desportivo. Depois, reuniu os melhores cacos de vidro. Chegaram os dois pedreiros que ele contratara;

montaram a betoneira e foram espalhar uma camada de cimento em toda a extensão do topo do muro, posto o que semearam os cacos de vidro por cima. Quando o cimento secou e endureceu, o muro estava dotado de dentes afiados, como uma mandíbula fóssil a atestar um poder temível e já extinto, mas ainda capaz de impressionar o observador. Os pedreiros desenrolaram o arame farpado e prenderam-no ao longo da parte alta do muro, sob a supervisão atenta do meu pai.

    Nunca tínhamos tido problemas com intrusos ou ladrões. Porque é que vinha agora o meu pai agir como se o perigo rondasse a nossa porta? Estaria a ficar mais desconfiado com a idade? Iria comprar cães ferozes e largá-los, à noite, esfomeados e enlouquecidos pela quinta, para trucidarem o intruso que vencesse a barreira do muro? A esse ponto ele não chegou nem chegaria; nesta família nunca tivemos o culto dos cães. No entanto, não exprimi a minha opinião sobre as medidas de segurança do meu pai e formulei para mim mesmo o palpite de que talvez ele tivesse razão e eu estivesse a pensar deficientemente; afinal, o pai não nos habituara a atitudes impulsivas. O sistema defensivo já tinha começado muito antes da fortificação do muro. As coisas articulam-se e formam uma cadeia lógica quando as vemos na sua globalidade, quando vislumbramos o todo de que são parte. Muitos anos antes do arame farpado e dos cacos de vidro no muro, houve a construção do próprio muro. A maioria das quintas não eram muradas. As respectivas delimitações eram mais ou menos conhecidas, resultavam de consensos antigos entre as famílias vizinhas. Também era assim connosco. Eu tinha nessa altura seis ou sete anos e guardo uma vaga imagem do muro em construção, ainda com a altura de dois ou três tijolos empilhados, e pessoas à sua volta a começarem mais uma camada. Há outros factos inesquecíveis nesta cadeia de acontecimentos, no que respeita às barreiras sucessivas de defesa à volta da casa e na própria casa. Ainda o meu pai, que manipulara o arame farpado com os pedreiros, tinha as cicatrizes de pequenos cortes nas mãos quando se pôs a pensar nas grades das janelas. Vimo-lo a circundar a casa, devagar, absorto, com o ar de quem está na iminência de fazer uma descoberta, prestes a achar uma solução repentina, a ter um rasgo decisivo de inteligência. Inspeccionava e estudava as janelas. Antes que lhe perguntássemos o que se passava, anunciou que ia pôr grades. Nas semanas seguintes, encheu-se novamente de espírito de iniciativa prática. Houve movimento de carrinhas com materiais de construção, vieram homens que foram colocar grades em todas as janelas, sem esquecer as mais pequenas e as clarabóias, assim como as chaminés. Foi-se ao ponto de gradear janelas por onde não poderia passar uma criança. O meu pai, muito activo nas indicações que dava, parecia entretido com tudo aquilo. Quando um dos trabalhadores lhe ia pedir uma indicação qualquer, ele, como quem recebe um desafio para brincar, com uma timidez mal escondida, logo se mobilizava e o orientava. Víamo-lo a correr de um lado para o outro, com um ar de divertimento mudo e secreto.

Depois do gradeamento das janelas, num período ainda mais recente, o meu pai concentrou o seu labor defensivo no reforço das fechaduras das portas e janelas de toda a casa. A casa, de construção antiquada, tinha sistemas de fecho completamente ultrapassados. O meu pai, segundo o método que lhe era próprio, começou por estudar as condições reais que as portas e as janelas apresentavam. Em catálogos obtidos em lojas da especialidade, escolheu tipos de fechadura, conjuntos de ferrolhos e barras de ferro, namorando até uma ou duas portas semiblindadas dignas de uma caixa-forte. Os carpinteiros contratados trouxeram as mais modernas fechaduras duplas e triplas, com canhões de segurança à prova de qualquer chave falsa, novidades que esta casa nunca conhecera. Perante qualquer porta ou janela reforçada, o pai reunia-nos a todos e ensinava-nos os segredos e a ciência da sua abertura e fecho. Ao fim de duas ou três explicações, nós já estávamos baralhados, incluindo ele próprio às vezes. Só o tempo e a prática nos dotaram da perícia necessária para lidar com todos esses mecanismos.

Não ficaram por aqui as intervenções técnico-mecânicas do nosso pai, no que diz respeito ao sistema de defesa caseiro. Vimo-lo em novas perambulações pelo jardim, que desta vez tinham o portão como centro. O portão desengonçado levava várias décadas de existência; já ninguém se lembrava bem da data da sua colocação. Oscilava e chiava quando lhe mexíamos, não deslizava nas calhas e, emperrado, desequilibrado, obrigava-nos a esforços redobrados para o movermos. A fechadura deixara de existir desde que eu era criança e resumia-se à caixa oca e esburacada, perdidas as peças interiores que a compunham. Remediávamos isto com uma corrente enrolada de modo a juntar os dois batentes que já não encaixavam um no outro. O meu pai, que sempre convivera com este portão decadente, parecia subitamente importunado com o seu estado e decidido, com um sentimento de urgência, a não descansar enquanto o não alterasse. E a alteração foi radical. Admitida a deterioração irreparável do portão, a solução foi adquirir um novo, um portento de solidez que, simultaneamente, nos surpreendia com a suavidade dos seus movimentos, a nós, que estávamos habituados a lutar com o peso do anterior. Todas as noites o portão passou a ser trancado, desprendendo-se dele uma impressão de fortaleza inexpugnável. É verdade que este portão, como outro qualquer, podia ser escalado e ultrapassado, mas enquanto portão impressionava-nos pela sua solidez moderna e eficiente. O portão novo foi a última obra do meu pai, no âmbito das barreiras de defesa da casa.

A barreira mais exterior não era o muro reforçado, mas sim, para além dele, os terrenos selvagens que, quando chovia, ficavam enlameados e quase intransitáveis, capazes de desencorajar algumas pessoas, e que no tempo quente se cobriam de vegetação agreste, de um verde-claro monótono que parecia árido, com escassas árvores de troncos velhos, rachados, um cheiro de coisas putrefactas e muitas abelhas e vespas a esvoaçarem por todo o lado. Víamo-las como nossas aliadas, essas abelhas e vespas, guardiãs zelosas da nossa solidão. Só a seguir, no sistema de barreiras defensivas, de fora para dentro, vinha o muro com o arame farpado e os cacos de vidro, bem como o portão, orgulho do meu pai. Depois, as janelas gradeadas, as portas reforçadas. Havia como que uma solidariedade, um pacto orgânico entre nós e as abelhas, uma interacção necessária entre os apetrechos tecnológicos de defesa doméstica e o clima natural que nos rodeava de lama no Inverno e de vegetação agressiva e inculta no Verão.

    Havia, contudo, um anel ainda mais exterior, e impalpável, de defesa no sistema de anéis defensivos que nos rodeava: o corte de relações sociais, a escassa comunicação com os outros. Houve um tempo em que recebíamos visitas em casa. As visitas foram escasseando cada vez mais, fosse por morte real de algumas delas, fosse porque a vida nos afastava mutuamente. Não é a morte a grande separadora, mas a vida. Afastámo-nos dos contactos sociais de um modo tão gradual que creio que nem sequer demos conta disso. Deixámos de nos interessar pelas pessoas e pelo seu mundo. Desapareceram as relações formais, as correspondências e intercâmbios, tudo isso que faz as pessoas sentirem-se reconhecidas, alvo da apreciação, da estima e do pensamento dos outros, seus concidadãos, familiares, vizinhos, amigos, colegas, toda essa teia de relações e contactos que as pessoas fabricam. Os outros são a nossa memória e nós somos a memória dos outros. Conseguimos apagar a nossa casa da memória dos outros. Aqueles que, no passado, cá costumavam vir já deviam ter esquecido o caminho, já não deviam ter a certeza dos passos que os conduziriam até aqui, poderiam talvez andar às voltas sem dar com a casa.

3
Ondas maternas

Às vezes espreito o casarão despido e ele parece-me um fenómeno mineral que, na sua decomposição, entregue aos climas naturais, abandonado às influências do ambiente, vai confundir-se com estratos geológicos desconhecidos. Gosto de pensar que a casa é isso, que ela será isso, exercício facilitado pelo salitre que vejo incrustado nas paredes, pelas cores bolorentas, pelos fungos que crescem na humidade dos cantos e dos rodapés.

O sono da casa é um sono de larva, enrolado sobre si mesmo e cheio de sonhos, um sono que sonha consigo próprio, a larva eternamente sonhando-se a dormir. As famílias são crisálidas de sonhos e de morte, e são tão semelhantes os sonhos e o sono da morte. Aí convalescem lentamente coisas sempre inacabadas, tentativas abortadas, esboços interrompidos, mutações hesitantes e estagnadas, devolvidas a uma vida que pulsa nos sonhos. Há nas casas de família, misturados no bolor dos cantos sem luz, no fundo dos armários e das gavetas bafientas, sonhos falhados, projectos nunca realizados, promessas por cumprir, devaneios cansados, vidas apenas esboçadas, visões não inteiramente amadurecidas, possibilidades infantis e juvenis sacrificadas em prol de outras, modos de existência material e imaterial estagnados nos diversos estágios da sua evolução, das suas transformações nunca definitivas, tudo isso que aí persiste como larvas incrustadas e petrificadas, indo fazer parte do próprio salitre das velhas paredes. Os espaços autocentrados das famílias geram vestígios e sinais cifrados nos cantos e nas sombras que crescem, fortalecidos por lutos e doenças, memórias, superstições, esperanças desenfreadas e amargas desilusões, desgostos e alegrias, ao longo dos anos de convivência condensada.

Nos quartos aonde já se vai pouco, nas gavetas que não são arrumadas por remorso, acumulam-se os vestígios dos enredos vividos, que tornam tudo saturado da sua influência. Há um espaço demarcado por cumplicidades tácitas e secretas, laços fortalecidos pelas suas próprias contradições, a sua própria ambivalência sem solução nem libertação, de pais para filhos, de irmãos para irmãos. Todas as famílias odeiam a realidade; no seu código de afectos existe o sentido de honra de perecerem para não serem dissolvidas, uma espécie de heroísmo jubiloso e hereditário. Lá fora impera a norma legal e clínica: na sua intimidade, as famílias são sempre ilegais e doentes, clandestinas e loucas. Na sua vida íntima e verdadeira, as famílias estão incompatibilizadas com o Estado e com as suas principais forças e instituições. Entre as famílias e o Estado, sobretudo entres as mães e o Estado, desenrolam-se desde sempre guerras implacáveis. Este é um assunto polémico, porque há quem defenda que é para o Estado que as mães trazem filhos ao mundo, enquanto outros asseveram que as mães criam filhos para si mesmas. Há sempre, manifesto ou latente, um duelo entre a mãe e a realidade corrente.

O estilo de desdém que a minha mãe usava em relação a tudo fez com que a sua opinião se tornasse imprescindível. Aquele que diz mal de tudo adquire um tom de autoridade definitiva quando diz bem de alguma coisa. Quando falava, todos escutavam. Quando falavam os outros, facilmente se distraía com qualquer coisa, um risco num prato, uma mancha de luz na parede, o que desencorajava aquele que falava. Porque, afinal, nós só falávamos para ela; mesmo quando parecia que estávamos a falar entre nós, era para ela que falávamos. Fazedora e destruidora de pontes, tinha o dom de finalizar conversas, de mudar de assunto sem que ninguém se apercebesse imediatamente da mudança; sabia pôr fim a um diálogo que não lhe interessava atraindo as atenções gerais para outro assunto.

Tecedeira omnisciente, fazia e desfazia os laços e as malhas do nosso universo. Manobradora dos novelos de lã de múltiplas cores e texturas, exigente e segura de si, obrigava o meu pai e os dois filhos a poses de manequim durante as provas da camisola de lã, para experimentar os tamanhos das mangas e das golas, a justeza da cintura. Não era raro um de nós encontrá-la a submeter alguém a essas provas: alguém que era obrigado a uma quietude artificial, os braços levantados ou flectidos de determinada maneira, a cabeça erguida, os olhos fitos na parede em frente, segurando uma parte da camisola junto ao corpo enquanto a mãe testava a justeza de medidas de outra parte. A exigência de ficarmos absolutamente imóveis nessas poses de boneco era ainda maior se estivessem agulhas envolvidas e houvesse o perigo de sermos picados; nem ousávamos respirar, obedientes ao seu comando. Manequins da nossa mãe, era também ela que nos libertava, que anunciava a ordem de dispensa, a autorização provisória de nos soltarmos. De um modo geral, não reconhecia competência a nada nem a ninguém. Suspeitando da insuficiência de tudo e de todos, nada realmente a surpreendia. Dava a impressão de que previra tudo e que tudo aconteceria como ela dizia que ia acontecer, como os seus desenhos esquemáticos de peças de roupa e a respectiva execução. Só tínhamos de confiar nela. Seria muito arriscado ignorar os seus avisos, as suas exortações. Os manequins podiam ter uma autonomia relativa, podiam até aparentar rebeldia e independência, mas, vendo bem, tinham sempre enredados nos pés e nas mãos restos de lã, arrastavam nos seus passos inseguros um fio que, desenrolado, ia ter a um novelo qualquer da gaveta de novelos da nossa mãe.

Quando nasci, os meus pais já não eram pessoas novas e eram, também, filhos de pais muito mais velhos do que eles. Eu e a Irene habituámo-nos ao facto de termos colegas cujos avós tinham a idade dos nossos pais, e cujos bisavós tinham a idade dos nossos avós. A grande diferença de idades entre as gerações da minha família produziu alguns desfasamentos face aos nossos pares.

Filho mais velho, dois anos permaneci filho único, e essa condição teve repercussões para sempre. Aprendi depressa a língua materna – a língua da mãe, porque era com ela que eu estava constantemente e era só com ela que eu falava. Quando outras pessoas se queriam dirigir a mim, faziam-no através da minha mãe, como se eu não as entendesse directamente ou elas não pudessem fazer-se entender; até o meu pai procedia assim. A aprendizagem da língua, em vez de representar o fim da simbiose orgânica, prolongava-a, vencia as vicissitudes do crescimento, as ameaças da separação, era um reforço dessa omnipotência a dois. Talvez o feto, na forja misteriosa dos corpos fecundos, onde vive como o homúnculo na retorta do alquimista, premedite privilégios e conquistas nos seus primeiros sonhos, e o privilégio que eu procurava era esse, o domínio da língua, uma conquista verbal, as palavras inaugurais da mãe. As palavras não eram um património cultural colectivo que eu absorvesse: eram uma propriedade exclusiva da minha mãe, e a mãe legava-me essa propriedade, não para maior independência e autonomia, mas para reforço da nossa ligação. Eram o hino de louvor e glória da nossa união, não o seu cântico fúnebre. Cheguei a crer que a língua e a sua escrita, embora inteligíveis para os outros, fossem coisas privadas nossas. A língua que a minha mãe empregava para falar com o merceeiro, com os vizinhos, com o meu pai, era em tudo igual à língua que usava comigo, essa língua portuguesa que eu julgara só dela – e minha. Se para outros a aprendizagem da língua natal é também a aprendizagem da língua nacional, código com que entendem e se fazem entender na comunidade, para mim a língua era *materna* – no sentido literal, e não nacional. E foi com um misto de espanto, indignação e afronta que descobri que a língua da mãe era também pertença de um país e de uma comunidade de países. Afinal, as palavras portuguesas coincidiam exactamente com uma fala e uma escrita usadas por milhões de pessoas, em vários continentes, o que era uma coincidência extraordinária, ou então uma apropriação sem escrúpulos da nossa parte. Precocemente, ensinou-me a ler e pouco depois eu já escrevia as primeiras letras com desembaraço. Seduzia-me o mistério das letras, mas o que elas tinham de mais interessante era o facto de ser do agrado da minha mãe que eu as aprendesse, retocadas e cinzeladas por nós, de modo que me apressei a dominá-las. Acreditei que aqueles sinais alfabéticos tinham sido forjados pela minha mãe, que ela os introduzira no mundo tal como os desenhava nas linhas de uma folha para eu os copiar. Legou-me as vogais e as consoantes, enquanto à Irene, mais tarde, não ensinou nada, talvez preocupada com certos efeitos que essas lições precoces tiveram no meu caso. De mim para a Irene há uma degradação, um declínio. Eu ainda conheci a minha mãe na sua fase mitológica, inventora das letras.

Se me via mais pálido ou mais corado, se me achava mais quieto do que o habitual ou mais eufórico, interrogava-me logo, assustada, para saber se eu estava doente. O mundo lá fora, rebelde, imprevisível, selvagem, nunca estava adequado a mim. Se eu ensaiava uma tentativa de transpor a porta da rua, a minha mãe ordenava-me que não saísse porque estava a chover, ou porque tinha chovido, ou porque estava muito húmido. Explicava--me que essa humidade trespassa as roupas e se entranha no corpo, e o resultado é uma constipação ou coisa pior. Afirmava que eu nunca me tinha dado bem com o sol. Eu não deveria sair para a rua, porque estava demasiado sol, ou porque já não estava sol e sim frio, ou porque tinha acabado de tomar banho, ou ainda ia tomar banho, ou porque tinha acabado de comer, ou ainda ia comer. Não apenas me obrigava a pôr um chapéu quando eu queria sair como me intimava a andar sempre pela sombra, ou então desencorajava as minhas saídas convencendo-me a ficar no meu quarto a ler ou a brincar. Eu ficava na sua órbita, trocava a minha liberdade por um sentimento de omnipotência que me vinha da proximidade dela. Tendencialmente, saía pouco. No entanto, por isso mesmo, a minha mãe interpelava-me outras vezes para dizer que eu estava muito tempo fechado em casa, que devia sair, apanhar ar, espairecer. Tudo precisava da sua certificação, fosse para adoecer e ficar em casa, fosse para sair.

Na praia, vigiava os nossos banhos. Não nos deixava ter água acima dos joelhos. Ficava à beira-mar a andar de um lado para o outro e, se um de nós se aventurasse mais, cancelava os banhos e mandava-nos recolher debaixo do guarda-sol. Irene e eu invejávamos a liberdade das outras crianças. Ali ficávamos, com a água até aos joelhos, imóveis, intimidados, expectantes de alguma grande coisa que não viria, que nunca veio, tolhidos entre o medo que o mar nos inspirava e o comando veemente da nossa mãe. Se não houvesse pessoas a mergulhar e a nadar em todas as direcções, se noutras alturas não víssemos ondas enormes a abater-se sobre rochedos num fragor ensurdecedor, poderíamos acreditar que o oceano era um grande tanque com água até à altura dos joelhos, feito para se brincar com baldes de plástico e bóias com forma de patos. Era essa a ambição da nossa mãe: transformar o mar num tanque infantil que não oferecesse perigos para mim e para a minha irmã. Aí não haveria angústia, nem risco, nem separação. O grande oceano não eram só aquelas ondas suaves que vinham morrer aos nossos pés, era também (sabíamo-lo por muitas histórias, muitos testemunhos verídicos) as grandes correntes e os grandes abismos, as grandes viagens onde os homens podiam naufragar, enlouquecer, partir para sempre. Não evoluíamos nessas coisas práticas da vida como nadar, mergulhar ou, pelo menos, submergir a cabeça sustendo a respiração. A nossa entrada na água destinava-se a tomar contacto com o iodo, beneficiar das suas propriedades higiénicas muito gabadas pela nossa mãe, ficar ali alguns instantes, parados, ligados à mãe por um fio invisível. Nestas idas à praia, dois eram os inimigos da nossa mãe: o mar e o sol, que ela constantemente vigiava. Não podíamos tirar os chapéus, e a Irene, que naquela idade precoce usou óculos, não podia tirá-los mesmo quando ia para a água. Aprendemos que ir à água não implicava molhar a cabeça. A mãe recomendava-nos que molhássemos o tronco e os braços com a ajuda das mãos. Uma vez ia-me afogando com a água pelos joelhos. Um outro rapaz, um pouco mais velho, puxou-me e pôs-me de pé com um gesto simples, e a minha mãe, alarmada, mandou-me para a sombra do guarda-sol, longe da água – e eu recolhi-me à sombra do guarda-sol, a tremer de frio e de medo, embrulhado numa grande toalha cujas dobras intermináveis me enfaixavam como a um morto ou um recém-nascido, com a cabeça entalada entre os joelhos para não ver nem ouvir o mar, para não ver nem ouvir as brincadeiras dos que brincavam e nadavam no mar, esse mar que eu então aprendia a temer e a odiar, ao mesmo tempo que percebia que a minha mãe, como sempre, tinha razão. Hoje sou adulto e não sei nadar. Os outros, os que não foram tão protegidos, sabem nadar, o que lhes pode valer em situações críticas (perigo no mar, naufrágios, inundações). Se um dia me vir em perigo no mar, não estará lá a minha mãe para me proteger. Mas quando esteve ela foi imensa, total, infalível.

Recordar essa infância protegida como dentro de uma redoma leva-me de volta a um carrossel onde a minha mãe me levou uma vez. Foi numa feira itinerante que visitou a cidade. Era um barracão circular, de um verde escuro, desbotado, velho, com um telhado de ardósia cónico ou talvez piramidal, que ficava afastado das atracções principais da feira. No interior, fracamente iluminado, o chão era de terra batida e havia quatro ou cinco póneis dispostos em círculo, à mesma distância uns dos outros, presos a uma peça giratória de madeira. Havia bancos corridos encostados às paredes, e, nestas, grandes cartazes pendurados com ilustrações de contos de fadas, também já descoloridos, ali dispostos com intenções didácticas. Esforçando a vista, podia reconhecer-se num deles a Branca de Neve rodeada pelos sete anões; noutro, Hansel e Gretel à porta da casa de chocolate da bruxa; a Cinderela dentro da carruagem puxada por seis cavalos a caminho do baile; o bravo soldadinho de chumbo, com uma perna só, contemplando a bailarina feita de cartão; o flautista de Hamelin atraindo uma multidão de ratos para fora das muralhas da cidade; e outros que já não recordo. Era um carrossel vivo, isto é, com animais verdadeiros e vivos, mas ao mesmo tempo era espectral, como espectrais são as recordações que tenho dele. Uma mulher magra estava perto da porta da entrada e encarava-nos com expectativa. Ao fundo, estava outra mulher, gorda e cega, sentada junto a um realejo. Adivinhando a nossa presença, a cega pôs a tocar o realejo e, imediatamente, ao som daquela música, alegre e melancólica como todas as músicas de carrossel, os póneis puseram-se a andar, fazendo estalar e chiar a peça de madeira central a que estavam atados. Eu e a minha mãe observávamos os pequenos cavalos, a mulher magra observava-nos, e a mulher gorda, apesar de cega, devia estar a observar tudo também. Um novo toque de manivela do realejo acelerou o ritmo da música e, no mesmo instante, os póneis passaram a trotar.

Depois, lá no seu canto, a tocadora do realejo deu outra vez à manivela e a música ficou ainda mais acelerada; os póneis agora galopavam. O tom e o ritmo da música diminuíram gradualmente, até ao silêncio, e os cavalos regressaram ao trote, ao passo lento e à imobilidade. Tudo ali era decrépito. Os cavalinhos não tinham ninguém a montá-los. Não havia mais nenhuma criança. Mas haveriam de se pôr sempre em marcha ao som e ao ritmo da música, reiniciariam pela milésima vez a sua viagem triste e circular. A minha mãe pagou à mulher magra e colocou-me em cima de um dos póneis. A mulher gorda accionou o realejo e a música empurrou a roda dos animais. E eu levado no giro. Depois de me certificar da segurança do meu pónei, tentei ver os cartazes dos contos de fadas que me fugiam da vista à medida que passava por eles. Fixei-me no meu preferido, o do soldadinho de chumbo, e sempre que regressava junto dele tornava a admirar o seu amor imóvel, constante e marcial pela bailarina de cartão. A minha mãe sentou-se num dos bancos. A mulher magra aproximou-se da entrada do barracão, como no princípio. A mulher gorda tinha as mãos postas sobre o realejo e os olhos cegos virados para o tecto do barracão. Durante uns minutos mais ali ficámos, os póneis no seu giro infinito, a minha mãe a olhar para mim e eu a olhar para a minha mãe.

 Chegado à idade de ir para a escola, assim que começaram as aulas, a minha mãe estabeleceu uma rotina que consistia em colocar-se junto à vedação, do lado de fora, e a partir daí vigiar-me e controlar-me quando eu corria, brincava e jogava, ou tentava correr, brincar e jogar com os meus colegas. Durante todo o tempo que durava o recreio ela estava ali, firme, constante, interventiva, como fazia na praia para supervisionar as minhas idas à água. Gritava para dentro do pátio e ralhava com os colegas que me empurravam ou não me passavam a bola, que me ignoravam ou não me deixavam saltar quando era a minha vez. Do seu posto de observação e comando, ela controlava todo o recreio, transformava o espaço e o tempo do recreio numa estrutura que me protegia. Chegava ao ponto de determinar as brincadeiras das crianças, a forma como decorriam os jogos, a posição que eu deveria ocupar no campo de futebol. Afinal era ela que, da rua, arbitrava os jogos. Durante esse primeiro ano, não era raro a mãe chamar-me, no intervalo, para junto da vedação e, através da rede, dar-me um iogurte à colher ou uma sanduíche. Muitas vezes estava acompanhada pela sua própria mãe, que morava muito perto da escola, sendo fácil reunirem-se nesta actividade. Assim, mãe e avó envolviam-me, captavam-me, resgatavam-me da influência da escola, essa poderosa instituição do Estado. Ela aparecia muitas vezes não só com a minha avó mas também com a minha bisavó. Lembro-me dela, centenária, mãe e avó das duas que ali estavam ao seu lado, e bisavó deste que, do outro lado da vedação, entre uma e outra colherada de iogurte, a observava com curiosidade e terror. Lembro-me da sua mão nodosa, cheia de veias azuis salientes, enclavinhada como uma garra no gradeamento da vedação, lançando-me um olhar mudo que agora, retrospectivamente, me parece carregado de ternura feroz (embora na altura eu só visse a ferocidade), aquele misto de ternura e ferocidade que caracteriza profundamente as mães, e que ela, ali, irradiava na defesa incondicional e triunfante da sua filha septuagenária, da sua neta quarentona e do seu bisneto de sete anos. Nessas ocasiões, bisavó, avó e mãe velavam e cuidavam de mim vencendo a barreira da rede e do muro da escola. O materno, em três vagas sucessivas e sobrepostas, três gerações de mulheres em linha matriarcal, abatiam-se sobre o menino, o rapazinho, o futuro homem – engoliam-no, reabsorviam-no, afogavam-no no oceano matricial de onde ele emergira um dia. Navegador solitário desse mar uterino, ele estava talvez condenado a naufragar, a diluir-se, a perder a rota e o rumo, sequestrado pela ilusão de omnipotência que estas três mães sucessivas e sobrepostas, embutidas hereditariamente uma após outra, lhe prometiam. Três mães, sucessivamente embutidas entre si como bonecas russas, vigiavam. A omnipotente tríade mãe-avó-bisavó envolvia o filho-neto-bisneto. Vejo-me a correr no pátio da escola, preso na órbita da mãe, e vejo um útero que gera outro útero que gera outro útero, e eu nascia de um para me encerrar logo noutro. Eu era roliço como um bebé grande e inábil socialmente.

Quanto mais velha, mais pequena: a minha mãe era maior do que a minha avó que, por sua vez, era mais alta do que a minha bisavó. Estou a vê-las à minha frente, lado a lado, mas estou a vê--las agora, como essas bonecas que têm outras cada vez mais pequenas dentro de si, encaixando-se até ao infinitamente pequeno. As três mães sucessivas invertiam os tamanhos relativos, e isto devido à origem uterina que as ligava, porque a maior tinha saído de dentro de uma mais pequena, e esta, por sua vez, saíra do interior de outra ainda mais pequena. Perturbavam-me e divertiam--me estes jogos de proporções e inversões no tempo e no espaço – o tempo de várias vidas embutidas entre si e o espaço visceral das origens. Olho para uma fotografia minha daquela altura, quando eu tinha seis ou sete anos, quando a minha mãe, a minha avó e a minha bisavó, poderosa embaixada de mães directamente ligadas entre si, vinham ao meu encontro, olho para as minhas feições nessa fotografia e tento descobrir na expressão do rosto os sinais dessa onda oceânica matrilinear que me envolveu e me amparou, oriunda de profundas raízes biológicas, eco inextinguível das origens da vida – da minha vida pessoal e da vida da espécie humana. A vedação da escola era, realmente, uma débil fronteira que me separava delas. As colheradas de iogurte e o pão das três mães, alimento, transmissão da vida, que fazia de mim uma emanação orgânica delas, chegavam-me facilmente através das aberturas da vedação. Para aí, para junto da vedação, chamavam-me elas, nos intervalos das aulas, e com a comida vinham as recomendações, os avisos, os conselhos, as ordens. O que uma dizia as outras duas corroboravam com mais palavras ou com o silêncio. Naquele momento não eram três pessoas diferentes, eram a mesma pessoa, ou um ser mitológico com três cabeças, uma divindade primitiva e protectora, cujo poder tinha de ser obedecido para não despertar a sua fúria destrutiva, já que a destruição vem sempre de mãos dadas com a dádiva da criação e da geração. Mais forte do que a vedação da escola eram, contudo, as leis, obras essencialmente masculinas e paternas, como vim a aprender mais tarde. As leis, invejosas do poder arcaico e total das mães, entre outras coisas produziram uma carta universal dos direitos da criança, onde consta que qualquer criança tem direito à escolaridade. Por isso eu estava ali, num dos lados da vedação da escola, e elas no outro lado. Mas vinham ter comigo, chamavam-me. Havia diques erigidos contra essas ondas oceânicas, forças opostas a essa força primordial, a sociedade dos homens afastando e resistindo à natureza das mães. Há uma fotografia onde eu estou ao lado das três mães, e essa é a fotografia mais em destaque no meu álbum. Ainda mais emocionante do que essa é uma outra onde estão as três e a Irene, e aí podemos ver a linha feminina directa englobando quatro gerações consecutivas, num arco temporal de cem anos.

    A bisavó centenária vivia com os meus avós maternos. As duas velhas, mãe e filha, eram muito parecidas, e ambas eram, afinal, parecidas com a minha mãe. Pareciam réplicas sucessivas umas das outras, com pequenas diferenças particulares que tinham o condão de tornar a sua estranheza ainda mais inquietante, já que não disfarçavam a profunda semelhança. Habituado que estava à voz da minha mãe, aquela voz imperiosa, com um acento melódico mas dramático, eis que ouvia, de repente, outras pessoas com a mesma voz, as mesmas inflexões. A mesma voz habitando, como um fantasma, três corpos distintos. O que mais me impressionava nelas eram as mãos, mãos finas e compridas, com veias azuis salientes, as mãos da minha mãe, exactamente iguais. Elas olhavam-me com um cansaço calmo e com esse olhar diziam tudo o que já adivinhara nelas: que eram iguais à minha mãe, que se elas fossem a minha mãe tudo seria igual, que se tivessem um filho seria como eu, seria talvez eu.

A minha mãe levou-me a visitá-las algumas vezes. Eu associava a casa onde elas viviam ao cheiro de umas bolachas cujo nome não recordo e que me eram sempre oferecidas. Lembro-me de procurar recuperar em latas vazias o cheiro aí deixado pelas bolachas. E a naftalina estava sempre no ar, vinda, suponho eu, dos móveis e dos tapetes, de corredores escuros, de armários sempre fechados e preservados. Até a minha mãe cheirava a naftalina, porque nessas visitas usava casacos escuros e pesados, como para estar adequada ao ambiente reinante naquela casa. Numa dessas ocasiões a avó e a bisavó perguntaram como ia eu na escola, já que de mim só sabiam o que viam através da vedação. A minha mãe enumerou os meus medos e as minhas reservas face aos colegas, aos professores, ao edifício da escola. Acontece que, como o ano lectivo já ia muito adiantado, eu descobrira muitas coisas aliciantes nos colegas, nos professores e no próprio edifício da escola. Tive o impulso de falar disso, mas a minha mãe fez descer sobre mim os seus olhos graves, as suas pálpebras pesadas, muito pintadas de azul, que me cobriam como as cortinas densas de um palco de teatro. Eu estava paralisado entre a lealdade à mãe e a curiosidade em descobrir cada vez mais coisas num mundo não ordenado por ela, em tornar conhecido o desconhecido.

As velhas eram fiéis uma à outra no declínio físico, obsessivas, hipocondríacas e caducas. Tinham uma mania ligada às chaves, a que me ocorre chamar doença das chaves, latente no caso da minha mãe, manifesta no caso da mãe e da avó dela. Em sua casa, elas gostavam de controlar todas as portas e todas as chaves. Tinham sempre os bolsos cheios de chaves e guardavam chaves em gavetinhas, dentro de caixas e de jarros. Só elas sabiam onde estavam todas essas chaves e nunca as confundiam. Não concediam a mais ninguém o controlo das chaves. Passavam horas por dia a abrir e a fechar portas, a verificar os compartimentos e os armários, supervisionavam e inspeccionavam tudo o que era fechado à chave, todos os compartimentos e armários que mantinham fechados e que só elas podiam abrir. Preferiam móveis com gavetas e chaves, tendo adquirido muitos exemplares desse tipo ao longo da vida: escrivaninhas pejadas de gavetas, de vários tamanhos e conformações, contadores, cómodas, estantes e armários fechados. Tinham móveis com fundos falsos cujo mecanismo de abertura era só conhecido delas, bem como cofres, baús e caixas embutidas umas nas outras; muitos destes compartimentos não tinham nada dentro, estavam vazios, mas permaneciam fechados e inacessíveis. As chaves que acumulavam eram as mais díspares, umas pequeníssimas, outras grandes, chaves pesadas conviviam, nos seus bolsos e esconderijos, com minúsculas chaves burocráticas de cacifo, tal como havia gavetinhas que pareciam meramente decorativas e outras eram sólidas e toscas como se talhadas directamente na madeira pelo machado do lenhador. Fechar e abrir, abrir e fechar, fazê-lo muitas vezes, repetidas vezes, porque sendo elas pessoas excessivamente zelosas e sempre preocupadas tinham de tornar a abrir o que pouco antes haviam fechado, ou fechar o que tinham acabado de abrir sem ter feito o que queriam, tendo então de abrir novamente. Fechar era, para elas, a coisa essencial. Também as janelas eram vistoriadas constantemente nas suas rondas pela casa; diziam que as janelas tinham de estar fechadas por causa das correntes de ar, que eram um dos seus maiores terrores, mas frequentemente não ficava claro por que razão insistiam em mantê-las fechadas e trancadas, privando-se da luz do sol e do ar fresco. Com a debilitação senil que patenteavam, a sua doença das chaves não enfraqueceu, antes se agravou.

Quando eu tinha nove anos, a bisavó morreu. Não nos levaram, a mim e à Irene, ao funeral. Ficámos em casa da defunta e da sua filha, entregues aos cuidados de alguém, e lembro-me de estar a brincar com carrinhos em miniatura perto de uma janela. Lá fora havia uma feira ou festa de bairro e chegava-nos uma música alta, de um palco montado na rua. De repente, o silêncio. Um silêncio tão repentino e estranho que eu quis ir ver o que se passava e abri a janela. E então vi o carro funerário da minha bisavó a passar, à cabeça do pequeno cortejo de carros. Em sinal de respeito, talvez previamente combinado, as pessoas tinham feito parar a música festiva e ruidosa. Nunca mais esqueci este silêncio absoluto à passagem da urna. Nenhuma memória ou imagem do passado está tão imbuída de silêncio como esta. No parapeito da janela fiz uma fila com os carrinhos e imitei o cortejo fúnebre que passava lá fora, homenagem infantil à minha bisavó.

Junto à vedação da escola, passou a ser só a minha mãe e a minha avó. No segundo ano, também elas deixaram de aparecer ali. Os diques dos homens tinham vencido as vagas eternas do mar, tinham-nas afastado um pouco mais para longe. A sociedade e a lei dos homens venceram, pelo menos, provisoriamente: reclamaram-me para si e impuseram o seu direito de orientar o resto da minha educação.

4
V de Vaca e o guardião dos mitos

Como acontece com quase toda a gente, a escola veio exercer sobre mim os seus direitos institucionais e obrigatórios, a sua influência que entrava ostensivamente em competição com a influência materna. As minhas realizações relativamente medíocres tinham merecido sempre a estima e a complacência da minha mãe, uma estima que, por vir dela, as valorizava instantaneamente aos meus próprios olhos. Eu tinha sido o centro do seu universo, de toda uma estrutura concebida e montada por ela, como um carrossel posto a girar à minha volta e que reproduzisse nas paredes, em quadros didácticos, uma selecção dos aspectos da vida que importava dar-me a conhecer, à semelhança daquele da feira itinerante. Quando a vida veio arrombar as tábuas pintadas dessa caixa giratória, fui desalojado do centro onde a minha mãe me tinha colocado. Depois de perceber os mecanismos e os modos de funcionamento mais amplos da realidade, já nem nesse universo pintado e decorado para fins didácticos poderia continuar a achar-me o centro. Quando era criança fazia de mim uma ideia elevada, sem perceber que isso era apenas uma extensão da ideia que a minha mãe fazia de mim. Podemos ser só isso: uma ideia, desincorporada, desencarnada, desossificada, sem órgãos nem membros mas apenas ideia de órgãos, de membros e de ossos

– e, sobretudo, sustentar um ideal em nós depositado pela mãe. Depois, esse Eu ideal adquire uma personalidade própria, desenvolve-se, segue o curso de uma vida paralela que é, para nós, muitas vezes, mais verdadeira do que esta vida onde temos um corpo submetido à força da gravidade, às leis do atrito, às imposições do peso e do volume.

 A aprendizagem doméstica que eu tinha feito das letras proporcionava-me uma certa dose de confiança contra a angústia escolar. Não apenas confiança mas, pelo menos numa ocasião, uma certa desfaçatez que atraiu sobre mim a ira da professora. Havia, num armário envidraçado da nossa sala de aula, um cartaz com o desenho de uma vaca malhada em cujo dorso alternavam manchas brancas e pretas, com uma flor idilicamente entalada entre os dentes, a representação bem convencional de uma vaca, e por baixo a inscrição V de Vaca, que só eu, de entre toda a classe, saberia decifrar. Aquele cartaz destinava-se a ilustrar uma aprendizagem mais avançada, porque por enquanto, naqueles primeiros dias, a professora ensinava uma meia dúzia de letras. Ao fim de algumas semanas, para fazer o ponto da situação, escreveu no quadro as letras já estudadas e, à medida que indicava cada uma com o ponteiro, perguntava-nos que letra era. Vários alunos já tinham sido submetidos com sucesso a este teste. Quando me escolheu a mim, à primeira letra indicada (suponhamos, o *a*) eu respondi, alto e sonoramente: V de Vaca! A classe inteira riu. A professora, vencido um segundo de surpresa, corrigiu-me e apontou a letra seguinte (o *p* ou o *m*), e novamente respondi, com orgulho e decisão: V de Vaca! Também desta vez, os meus colegas brindaram o acontecimento com um coro de gargalhadas. A professora repreendeu-me severamente. Devo ter feito um ar de arrependimento, porque ela não desistiu do exercício e me deu uma terceira oportunidade. À terceira letra, que não era o famoso V, respondi: V de Vaca! Nas mãos da professora, o ponteiro ganhou uma nova função e veio bater com estrépito na minha carteira e pôr fim às risadas e ao exercício. O que eu queria era, desastradamente, mostrar que já sabia todas as letras que a professora escrevera no quadro e até o V de Vaca. A professora convocou o meu pai (para assuntos oficiais ele é que comparecia). Na minha presença, descreveu o episódio com todos os pormenores e manifestou preocupação pelo que julgava ser uma tendência precoce para a irreverência desrespeitosa – tendência que, aliás, nunca se veio a concretizar como traço do meu carácter. O meu pai mostrou compreensão pela sua preocupação. Enquanto eles falavam, eu espiava pelo canto do olho o cartaz da vaca, minha cúmplice, que do fundo do armário de vidro me dirigia simpaticamente o seu olhar, só com duas dimensões mas cheio de significado. A partir daí, foi o meu pai quem evocou por diversas vezes este episódio, com bonomia, e é certamente graças a ele que o devo ter conservado na memória. Ele, com a sua estima pelos mitos familiares, via neste meu desvario momentâneo de reconhecer em qualquer letra do alfabeto o V de Vaca uma espécie de heroísmo, reforçado nas suas sucessivas evocações ao longo dos anos.

O meu pai era o guardião das qualidades míticas de cada um dos filhos: eu e a memória; a Irene e os seus deslizes verbais. É verdade que, numa certa fase, alguns acontecimentos escolares puseram em relevo as minhas capacidades mnemónicas. Era capaz de decorar qualquer texto que me propusesse e reproduzi--lo sem alterações, o que despertou a desconfiança, por parte de alguns professores, de que copiava às escondidas. Não era eu que copiava, era a minha memória exacta e objectiva que o fazia. Ao reparar nisto, o pai exaltou a minha capacidade, tomou a seu cargo que ela não se perdesse. Para encorajar o jovem mnemonista, dava-me textos e listas de números e letras para fixar e testava o meu desempenho. Pagava-me qualquer coisa por cada teste. Enquanto eu desbobinava as listas e os parágrafos memorizados, o meu pai, que ia conferindo nos papéis, ficava mais e mais assombrado, mas também aumentava o seu medo de que, mais adiante, eu cometesse um erro; então, interrompia o exercício, dava-o por concluído, pagava o combinado, e o meu prestígio, assim protegido, ficava intacto. Não era importante submeter a minha memória a testes rigorosos e definitivos; o importante era manter a crença na minha memória brilhante.

Quando as crianças aprendem a falar, surpreendem e encantam os adultos com os seus erros. Talvez fosse essa a origem das peculiaridades verbais da Irene. O certo é que, com o passar dos anos, continuou a surpreender e a divertir toda a gente com as deturpações, trocas, equívocos e distorções ao falar, que provocavam o riso em quem a ouvia e em si própria. Como as crianças ansiosas por falar com as pessoas crescidas, ela precipitava-se no uso das palavras sem se deixar inibir pelos deslizes cometidos; uma forma de comunicação eficaz e hilariante, por vezes mais justa do que uma linguagem inteiramente correcta. Desconfiávamos que, já adulta, a Irene mantinha este dom apenas porque se tratara da propriedade mais singular que lhe fora reconhecida – e reconhecida sobretudo pelo nosso pai. Este seu pequeno mito ligava-a à infância e ao pai. Porque haveria de o abandonar e entregar-se, empobrecida, à realidade corrente do mundo dos adultos? Não seria conveniente conservar algum mito pessoal, que é talvez o núcleo de uma identidade profunda?

Era ele, o nosso pai, o arquivador, o classificador competente das proezas e das identidades incipientes dos filhos. Sustentáculo de um mundo sempre ameaçado pelas duras provas da realidade, um mundo que não prometia ser capaz de resistir aos testes feitos por outros que não ele, criança grande à cabeceira da mesa familiar, ele afugentava tudo o que estava para lá da quinta como quem enxota moscas, autorizava todas as fantasias imaturas, estimulava jogos, histórias, partidas, ele, o mestre dos trocadilhos e das alcunhas. Fazia-se nosso companheiro de brincadeiras, o que contrastava com o ar grave da nossa mãe. Levou-nos a ver o desconhecido como uma extensão do lar que ele ilustrava com a sua inventividade verbal.

Sempre o vimos como aposentado, mesmo quando trabalhava por conta própria. Quando era necessário preencher um papel com a profissão do pai, ele dizia-nos para escrevermos *aposentado da função pública*. Eu usava e repetia esta expressão antes mesmo de lhe perceber o significado. Tinha um valor poético, como o refrão de uma canção ou uma frase rimada. A expressão passou a pertencer-lhe por inteiro, como se fosse só dele, ou fosse ele a única pessoa do mundo a merecê-la. Víamo-lo muitas vezes debruçado sobre um tabuleiro de xadrez, a analisar partidas que jogava em torneios por correspondência. O xadrez solitariamente jogado fazia dele um ser misterioso, algo assim como um mago enfeitiçado, convertido em pedra por um poder inimigo, no fundo de uma floresta, para assombro e fascínio dos anões e dos duendes que éramos nós. Admirávamos este seu isolamento, este imiscuir-se numa luta fatal entre as figuras do xadrez, esse mundo denso e violento onde se digladiavam poderes, influências, manobras de ataque e defesa, estratégias longamente elaboradas com um único fito: encurralar o Rei adversário, provocar a sua honrosa morte. E o nosso pai, aquele sujeito que sempre conhecemos pacífico e cordato, estava lá, nesse universo terrível e fatídico, ao mesmo tempo que estava entre nós; tinha o privilégio de estar simultaneamente em dois planos da realidade e passar de um para o outro com a maior facilidade. Não estava longe de surgir, aos nossos olhos, como o Rei, essa peça para que se dirigiam todos os lances, as intenções de xeque-mate, e que, por isso, merecia a protecção de todas as outras peças da mesma cor; o Rei que se move pouco ou mesmo nada, que quase sempre só chega a mover-se para representar a sua própria abdicação, num cenário antigo e sempre reactualizado.

5
Um assunto para profissionais

A realidade encarregava-se de desmentir a dimensão mítica que o meu pai atribuía às nossas proezas, porque cedo iniciei aquele que viria a ser o meu estilo pessoal ao longo de todo o meu percurso académico: uma discrição absoluta. A timidez e a inépcia social levaram-me a elaborar a difícil mas compensadora arte de não chamar as atenções. No início do meu terceiro ano na escola, eu estava a ser aterrorizado por um colega que usava a manipulação e as ameaças e que, quando necessário, recorria aos punhos. Atarracado e robusto, era decidido e certeiro quando nós éramos atabalhoados. Eu já o vira a subjugar outros fisicamente e não queria ser o próximo a morder o pó do recreio. Quando ele reclamou para si o direito de comer todos os dias o lanche que eu trazia na mochila (em casa ninguém se preocupava com a alimentação dele), submeti-me. Quando, ao fim de alguns dias, farto das suas ameaças e revoltado com a minha própria cobardia, me rebelei contra ele, tive de enfrentar, não os seus punhos, mas um canivete que ele tirou do bolso e esgrimiu no ar, perto da minha cara. Todos ficaram petrificados a olhar, incluindo eu. Então, ele fez-me um corte superficial no queixo, e disse-me: Se amanhã não me deres o teu lanche, arranco-te um olho. Em casa não contei nada, por um medo, frequente nestes casos, de denunciar quem nos tiraniza, perpetuando a sua tirania. Mas era impossível disfarçar o corte aos olhos da minha mãe e, no dia seguinte, o meu pai acompanhou-me à escola. Nos minutos anteriores ao toque de entrada, disse-me para eu apontar o agressor e foi falar com ele. Com palavras compassivas, mas firmes, o meu pai disse que se ele me tornasse a ameaçar com o canivete, ou mesmo com palavras, os pais dele e a directora da escola seriam informados. O meu colega encolheu os ombros e disse que os pais dele não queriam saber. Isto deve ter comovido o meu pai, que viu no meu algoz a típica criança negligenciada pela família. Mantendo a sua linha pedagógica, perguntou se não lhe davam um lanche para levar para a escola e prontificou-se a que eu trouxesse diariamente um segundo lanche para ele. Ao ouvir isto, o meu colega baixou os olhos, como se receasse que o vissem chorar. Eu fiquei impressionado ao ver a diferença entre o modo como ele lidava comigo, anulando-me e sobrepujando-me, e o modo como se anulava perante o meu pai; afinal, o flagelo dos colegas era só uma criança temerosa diante de um adulto. Muitos anos mais tarde, a única nota de destaque que o meu pai dava a este episódio era a baixa estatura dele: como é que o mais baixo de todos podia instaurar um reino de terror entre nós?

    Esquecida a tristeza que, por momentos, fora visível ao meu pai, ele retomou, logo no dia seguinte, o seu domínio sobre mim. Quando os meus pais me perguntaram se eu continuava a ser espoliado do lanche, tive de responder que sim. Nessa altura, estava a morar connosco o meu tio Horácio. Ao saber a razão das minhas queixas, a sua indignação formou um espectáculo emocional a que nós, nesta casa, não estávamos habituados.

    – Ele rouba-te o lanche todos os dias? Ele marcou-te a cara com um canivete? Deixa estar, que o tio resolve.

    No dia seguinte, numa iniciativa não aprovada pelos meus pais, foi o tio Horácio quem me acompanhou à escola. Militar na reserva, veterano da guerra colonial, que o mutilou, apareceu diante de mim com uma farda onde brilhavam inúmeras condecorações e insígnias de vários cursos de operações especiais, que às vezes enumerava, feitos, como sempre realçava, tanto em Portugal como no estrangeiro; a bóina vermelha dos comandos; uma pistola num coldre, à cintura. Fizemos a pé o meu percurso habitual, pelas azinhagas das quintas hoje desaparecidas e pelo bairro limítrofe da cidade, eu ora correndo, ora saltando para acompanhar a passada marcial e mecânica do meu tio. Vendo-o, ninguém diria que a sua perna esquerda era artificial. A farda atraiu todas as atenções na entrada da escola, onde procurámos o meu colega. Este, assim que nos viu, e percebendo que o desconhecido vinha por causa dele, ainda tentou esconder-se no meio dos outros. O meu tio alcançou-o. Fez-se uma clareira à nossa volta, a respeitável distância, mas as palavras que o meu tio pronunciou foram audíveis para todos. Olhando lá muito de cima para o meu colega, disse:

– Este é o meu sobrinho. O meu sobrinho, estás a ouvir? Se voltas a tocar-lhe, vais ter de ajustar contas comigo. Se tornas a marcá-lo com o teu canivete, eu mato-te. Tu tens um canivete, mas eu tenho isto. – O tio apontou para a pistola à cintura e tirou-a do coldre. Tirou o carregador e mostrou sete munições lá dentro. – Está carregada. E eu tenho sempre uma bala na câmara. Se tornas a fazer alguma coisa ao meu sobrinho, eu venho cá, eu vou aonde tu estiveres, e mato-te.

Nesse momento passou uma professora que esboçou o gesto de interpelar o meu tio. Antes que dissesse qualquer coisa, o tio repeliu-a:

– Isto é assunto para profissionais. A si pagam-lhe para dar aulas, vá andando para a sua sala.

A professora recuou, talvez para chamar alguém. Naquela altura não havia seguranças na escola. O tio ainda não tinha terminado o assunto com o meu colega, em cuja expressão eu reconhecia, finalmente, um medo maior do que aquele que ele me infundia.

– Roubas o lanche do meu sobrinho? Precisas de um lanche? Não te fazem um lanche em casa? Então eu pago-te um lanche todos os dias. Se for preciso, ele traz dois lanches na mochila, um para ele e um para ti. – Isto fora certamente inspirado pela sugestão altruísta que o meu pai fizera. – E mais: eu sei onde tu moras, se tocas outra vez no meu sobrinho, eu mato-te a ti e à tua família também. Eu na tropa tenho bombas que rebentam com tudo, onde elas caem tudo desaparece. E mais: se alguém, outra pessoa qualquer, fizer mal ao meu sobrinho, eu vou assumir que foste tu e venho atrás de ti.

Aqui o meu colega encontrou coragem para reagir:

– Mas se não for eu...

– Não interessa! É como se fosses tu. É de ti que eu vou à procura.

Depois disto, o meu colega tornou-se o meu melhor amigo na escola. Zeloso, ele teria sido o primeiro a ir contar ao meu tio se alguém me fizesse mal. Também eu soube tirar partido da situação. Fascinado com os artefactos militares que o meu tio exibira, ele passou a fazer-me perguntas insistentes sobre a pistola e as bombas que faziam desaparecer tudo. Fazendo-me mais íntimo do meu tio do que realmente era, menti exuberantemente sobre o meu contacto com aquela pistola, o seu carregador cheio, a sua misteriosa câmara sempre com uma bala. Baseava-me em filmes e histórias e explorei a sua credulidade. Ele estava agora à minha mercê. Fiquei espantado com o jogo de forças e proporções relativas: o que parecia grande era pequeno, o que esmagava os outros era facilmente esmagado, o que amedronta também tem medo. Podia até ter-me tornado o seu tirano. Não é verdade que tirano e vítima trocam muitas vezes de papéis? Mas não o fiz.

Não por falta de oportunidade, mas porque a compaixão contemplativa do meu pai tinha mais a ver comigo do que a violência viril do meu tio.

Passados três meses, na festa de Natal da escola, o meu tio quis ir lá observar o resultado da sua incursão. No recinto da entrada, onde esta ocorrera, e onde agora avultava a árvore de Natal, o meu colega reconheceu-o apesar das roupas civis que trazia. Já nada tinha que recear, porque eram sólidas as provas de amizade comigo. Ao ver a professora a quem tinha dirigido palavras algo rudes, e certamente empenhado em melhorar a imagem deixada, o tio disse-lhe:

– Está a vê-los? Foi por isto que eu fiz aquilo. Agora dão-se bem.

– Mas teria sido capaz de matar o aluno? – perguntou a professora.

O meu tio respondeu, com uma calma desarmante:

– Claro que não. Foi só para lhe fazer ver as coisas.

6
As Malafaias

O meu tio estava impelido para a acção e inspirava-me propósitos activos, e nisso cumpria a sua função de tio. No entanto, o meu pai, mais propenso às ideias e à fantasia, foi o verdadeiro herói da minha imaginação infantil, elo de ligação com os criadores e os viajantes do passado. O meu pai cumpriu as suas funções oficiais. Era ele, por exemplo, o nosso encarregado de educação perante os professores. Mas fez mais do que isso: deu-se a conhecer aos filhos como alguém que já fora criança, que passara por experiências semelhantes às nossas, e assim nos inscreveu, a mim particularmente, numa linha sucessória de homens que, desde eras arcaicas, revivem as mesmas aventuras reais ou imaginárias – desde Ulisses, desde Gilgamesh, num tempo sempre anterior, onde a História cede o lugar ao Mito.

Quando eu lidei com as inimizades típicas dos pátios das escolas, o meu pai não teve uma acção tão concreta como o meu tio, mas fez uma coisa porventura mais importante: contou-me uma história em que ele era a personagem principal. Décadas antes de eu ter nascido, o seu terror escolar estava ligado às irmãs Malafaias. Três irmãs solteironas, grisalhas, altas, magras, que resistiram a vagas sucessivas de alunos para continuarem a povoar os seus pesadelos. Secas e altivas, ensinavam ao ritmo das palmatoadas e das estaladas desfechadas com força nas faces que lhes estavam submetidas. Naquela época, isto não era uma raridade. Viviam só para aquilo e até moravam perto da escola. Por muito bom aluno que se fosse, não se escapava por completo. A questão não era quem escaparia ao rigor delas, mas sim quem sofreria menos, porque havia sempre alguma quota de castigos destinada a todos. O meu pai lembrava-se de estar a caminho da escola, já atrasado, e de, ao cruzar um carreiro rodeado por sebes que tapavam pomares, ouviu o eco vibrante de palmatoadas que vinha da janela de uma das Malafaias, precisamente aquela que era sua professora. Estava a decorrer ali uma sessão colectiva de castigos. Nessa idade ainda se pode pensar que aquilo que nos amedronta e desgosta vai durar para sempre. O meu pai estacou a meio do caminho e, tomado por súbita resolução, retrocedeu e faltou à escola. Faltou uma semana inteira. Todas as manhãs procedia como se fosse para as aulas, mas ia esconder-se nos jardins da cidade e voltava para casa à hora em que era normalmente esperado. Quando a professora contactou os meus avós, o avô, que eu nunca vim a conhecer, deu uma tareia severa e feia ao filho, destinada a ser uma lição. Também neste pormenor pulsa e se desdobra a cadeia de antepassados, os pais que foram crianças e tiveram um pai que também foi criança, infinitamente, porque este meu avô, no seu tempo, fora um seminarista descontente que, assim que pôde, fugiu do seminário onde o destinavam para padre, alistou-se no exército e foi para África, para as colónias, para se afastar o mais possível da família (do seu próprio pai, meu bisavô), e de onde só voltaria casado e com filhos. Quando o meu avô contava como fugira de ser padre, o meu pai, ainda criança, dizia: Se o pai fosse padre, eu agora era o sacristão.

Sem nunca ter esquecido as irmãs Malafaias, o meu pai, já adulto, voltou àquele carreiro que conduzia à antiga escola, num passeio nostálgico. Não se lembrou que, ao aproximar-se da escola, estava também a aproximar-se da casa onde moravam as Malafaias. E de repente, entre sebes descuidadas e ramagens secas, o que viu ele? A janela da casa das Malafaias, num piso térreo, e através da janela, sentadas, ocupadas com trabalhos de costura, as três irmãs. Como era possível? Elas já eram velhas quando o meu pai por lá andara, e mais velhas tinham de ser agora. E ali estavam, hirtas, muito direitas, unidas, implacáveis, a fiar e a desfiar, como os seus modelos ancestrais, as Parcas, deusas irmãs que tecem o destino. O meu pai não teve terror de voltar a ser, de repente, a criança que vivia com medo das Malafaias (estava seguro de já não ser essa criança), mas sim de sentir o poder do tempo. O tempo ainda poupara as irmãs Malafaias da morte, mas isso era apenas a prova do seu poder. O tempo e a morte apareciam-lhe assim, na curva daquele atalho semi-rural, colocando-o de chofre diante da janela das três irmãs. As Malafaias ainda estavam ali, ainda estavam vivas, farejando a morte, espiadas pela morte. Há perigos mitológicos que nos esperam e ameaçam, apanhando-nos completamente desprevenidos na curva de um caminho onde segundos antes nos sentíamos seguros, sem pensar na morte. Que imprudência ter avançado demasiado naquele atalho, onde já uma vez, outrora, tinha retrocedido, e que sorte não ter sido reconhecido por elas. Ali vieram ao seu encontro os deuses; ali, surpreendido numa curva do caminho, o meu pai foi apanhado pelo destino. Afastou-se com o coração aflito e uma crescente sensação de alívio à medida que aumentava a distância em relação à escola, à casa adjacente, ao jardim, ao atalho amaldiçoado.

Só aqui, nesta recordação de infância do meu pai, havia quatro varões em linha sucessória directa, do bisavô até mim, novamente interligados. E cada um, no seu tempo, julgou ser pioneiro de terrores e desterros bem humanos, até descobrir que havia um modelo anterior dessas mesmas experiências, que era o seu próprio pai, e o pai deste, e ainda o pai do avô, e por aí fora até onde a memória hereditária pudesse narrar os acontecimentos. Cheguei a ver juntas a minha bisavó, a minha avó e a minha mãe, do outro lado da vedação da escola, dando-me colheradas de iogurte à boca e vigiando, atentas e solenes, a minha primeira separação. E posso apenas imaginar juntos no mesmo espaço o meu bisavô, o meu avô e o meu pai, que no entanto sobrevivem ao total desaparecimento num outro plano que não é menos real. O meu avô dera uma sova ao meu pai por ele ter faltado uma semana à escola. Isso veio a ser assunto de conversa nas décadas futuras e para as gerações seguintes. O meu avô, por sua vez, fora uma criança que detestara o seminário onde o seu próprio pai o colocara para ser padre. Aquele que não gostara do seminário veio a reprimir aquele que tinha medo da escola. Já o pai do meu avô, meu egrégio bisavô, reprimira o filho obrigando-o a frequentar o seminário. O avô fugiu, e só escapou à ira paterna porque era já quase adulto e se alistou no exército colonial, a milhares de quilómetros de distância, até regressar à terra natal, tornado pai ele próprio, perdoado pelo seu pai, o qual, envelhecido e grato, pôde ver o netos que nunca veria se o sacerdócio fosse a vocação do filho.

    As gerações anteriores, alinhadas desde tempos esquecidos ou inesquecíveis até chegarem a nós, vivem histórias que preludiam e anunciam a nossa própria história. Neste reenvio cíclico da cadeia das gerações há ecos inquietantes, onde o familiar e o estranho comunicam entre si e se repercutem. Parece que há coisas que devem ser vividas várias vezes ao longo de gerações da mesma família para sinalizarem os significados mais profundos de uma linhagem, de uma estirpe. Os ferimentos de guerra, por exemplo. As mutilações do tio Horácio tiveram um prelúdio familiar nas mutilações de um tio dele. Este meu tio--avô imitou o meu avô e juntou-se-lhe em Angola, nos quadros do exército colonial. Havia então a rebelião dos dembos, em cujas campanhas de pacificação os dois irmãos participaram, embora em companhias diferentes, porque acharam por bem, depois de terem brincado às guerras em crianças, não lutar lado a lado, ombro a ombro, contra o inimigo comum, como se conservassem em alguma parte da sua memória de infância a ancestral rivalidade fraterna. Em 1910, o meu tio-avô perdeu o braço direito, estropiado por uma lançada desferida por um guerreiro dembo, que ele logo a seguir repeliu com a espada manejada pelo braço esquerdo. Contou mais tarde que, embora não fosse canhoto, o instinto de sobrevivência o levou a usar a mão esquerda, como se fosse a direita, para afugentar o adversário e se salvar do golpe final que este se preparava para lhe dar. Quase todos os segundos e minutos da nossa vida se diluem no tempo, sem marca notável. Mas aqueles segundos de luta, numa mata selvagem, nunca se apagaram da vida do meu tio-avô, que para o resto da vida viveu sorumbático, carregando o peso de um braço artificial a que nunca se adaptou. Inválido de guerra, passou longos períodos em casa do meu avô (como o tio Horácio em casa dos meus pais). Os dois irmãos veteranos jogavam muito xadrez, como mais tarde o meu pai. O avô era melhor jogador. O tio-avô, fosse porque o xadrez, jogo de inspiração bélica, lhe despertasse pensamentos ligados às campanhas passadas, fosse porque as partidas terminavam frequentemente com a sua derrota, ficava uns instantes em silêncio, sombrio, diante das peças que restavam sobre o tabuleiro e, mais do que uma vez, as vezes suficientes para serem evocadas nas décadas e gerações seguintes, varreu as peças com o braço de plástico e exclamou: Maldita guerra dos dembos! As peças e o tabuleiro caíam com fragor no chão e o meu avô, que mal tivera tempo para saborear a vitória, ficava irritado com a descompostura do irmão, embora às vezes se deixasse apiedar pela raiva nunca sarada do mutilado. Muitos anos volvidos sobre o regresso dos dois combatentes, a praga rogada pelo meu tio-avô (sempre após uma derrota no xadrez, sempre diante do irmão) era repetida, assustando as mulheres da casa. O meu avô jurava nunca mais jogar xadrez com o irmão se este persistisse no desvario de derrubar as peças, o tabuleiro, às vezes até a mesa, injuriando os dembos, o braço amputado e, por inerência, o Império. Mas o meu tio-avô, que acumulava um desejo de desforra diante de um jogador melhor, convencia-o sempre a jogar, prometendo não perder a cabeça ou tornar a pensar que o xadrez era a própria guerra africana. Mais do que uma vez faltou à promessa e, impulsivo, descontrolado, assaltado por um ódio cego, batia no tabuleiro, fazia saltar tudo e despejava o grito incontido (Maldita guerra dos dembos!), como se assim atirasse para longe a prótese odiada e desbaratasse magicamente os adversários, vistos em miniatura na sua imaginação. E assim, se eu tive um tio mutilado de guerra, o meu pai também teve um tio mutilado de guerra, ambos, com a diferença de sessenta anos, gravemente feridos em Angola.

7
O tio Horácio

Mais tarde contei ao meu colega sobre as amputações de guerra do tio Horácio. Até aí só falávamos da pistola que ele exibira e das bombas a que fizera referência. Armas e próteses estavam estranhamente ligadas, como se fossem o contraponto umas das outras ou, quem sabe, a mesma coisa. Uma prótese pode ser uma arma, uma arma pode ser uma prótese. Eu não inventava nada quando dizia que o tio Horácio perdera uma perna e um olho na guerra colonial. O meu colega, impressionado com a demonstração de força do meu tio, recusou-se a acreditar nas suas mutilações, que eram reais, e acreditou sempre nas mentiras que lhe contei sobre o meu manejo da pistola e das bombas.

O tio Horácio, pouco mais novo do que meu pai, aceitava, ou fingia aceitar, um certo ascendente moral do irmão, embora as suas experiências e estilo de vida lhe conferissem um modo sinuoso e desafiante de reagir aos constrangimentos. Mais uma vez, tinha-se aborrecido com a mulher e viera morar provisoriamente na nossa casa. Os meus pais tentaram convencê-lo a mudar de vida, a assentar, beneficiando do afecto da mulher e das filhas. Mas ele receava uma vida caseira. Achava que lhe retiraria a energia para viver tudo o que, egocêntrico e impulsivo, ele queria ainda experimentar.

Segundo o meu pai, ele sempre fora enérgico, dramático, excessivo. Quando se dizia sentimental, para se defender de acusações de egoísmo, tinha alguma razão. Era muito apegado aos pais. Por volta dos vinte anos, disse espontaneamente à minha avó que deveria morrer antes dela, por não suportar a ideia de a perder. A minha avó, horrorizada, tentou convencê-lo do contrário: perder um pai ou uma mãe é, apesar de tudo, previsível, normal; perder um filho viola a lei natural e a estabilidade orgânica da vida. Contudo, o jovem Horácio, para defender uma convicção ou um sentimento seu, era capaz de combater todas as evidências em contrário. Decidiu simular o seu próprio velório. Aproveitando uma ausência momentânea da mãe, vestiu-se com um fato preto, tapou a janela do quarto dos pais com um crepe negro, acendeu vários círios dispostos em volta e deitou-se, imóvel, com as mãos postas sobre o peito, na cama dos pais. Quando a minha avó entrou em casa reparou imediatamente na estranha luminosidade que vinha do seu quarto e foi deparar com este espectáculo. Apanhou o maior choque da sua vida, e o seu coração de mãe só resistiu para poder negar o que parecia ser uma realidade inegável, e para, num grito de pavor inconformado, cravar as mãos no corpo do falso defunto e o arrancar à morte. O morto, descomposto, abanado, puxado, foi obrigado a regressar à vida, desmanchando a pose com uma gargalhada. A minha avó expulsou-o do quarto e fustigou-o, furiosa e ineficazmente, com o crepe negro. O tio Horácio nunca se inibiu de brincar com as emoções dos outros. E desta vez fê-lo para vincar um ponto de vista, ilustrar um argumento: o de que preferia morrer antes da mãe.

A vida não lhe deu razão. Passados poucos anos, a mãe morreu. A morte da mãe do meu pai coincidiu mais ou menos com a morte da minha bisavó paterna. Assim, quase ao mesmo tempo, o meu avô perdeu a mulher e a mãe. O avô já não era então aquele que fugira da autoridade do seu próprio pai e do seminário, que combatera em África, que castigara o meu pai por este ter mentido e faltado uma semana à escola. Assim que ficou viúvo, desinteressou-se da vida, estagnou, como se recusasse sobreviver àquelas duas que tinham morrido. Decaiu fisicamente num curto lapso de tempo, entregou-se a doenças, ficou mais lento, quase parado, a consumir-se num desgosto fúnebre. O tio Horácio costumava confidenciar ao irmão: O nosso pai perdeu, de uma assentada, a mulher e a mãe, perdeu as referências maternas, que são essenciais a um homem. Queria dar-lhe toda a assistência possível: orientava as suas dietas, deixava-lhe a comida pronta, vigiava a medicação. Parecia que o filho se obrigava a ser pai e mãe do próprio pai. Enquanto o meu pai seguiu uma trajectória própria, o tio Horácio continuava a morar na casa do meu avô. Dizia que queria levar o pai às costas – como Eneias fugindo de Tróia a arder leva o velho Anquises no dorso. Da Tróia feminina e materna perdida (a morte da mãe e da avó), ele, o filho heróico, ia salvar o pai fraco, precocemente envelhecido. O sentimento de gratidão e de culpabilidade, a ameaça de um mundo em chamas, à beira da ruína, leva a que muitos imitem o troiano, nessa fuga da terra natal para um exílio que será um renascimento, uma recriação, um propósito vital de fundar uma nova pátria – para albergar a memória sobrevivente dos antepassados, a cultura ancestral. O tio Horácio era um clássico vivo, em reactualização constante e hereditária.

Era, no entanto, muito activo, tinha já sido animador de grupos de escuteiros, jogador de futebol federado, monitor de desportos. O alto desempenho atlético era há muito a sua actividade preferida. Por fim o meu avô, deprimido desde a morte da mulher (e da mãe – acrescentava sempre o tio Horácio), opondo uma resistência passiva a tudo o que pudesse melhorar o seu estado, conseguiu morrer de uma das suas doenças. O tio

Horácio ingressou no exército e tornou-se militar de carreira. Seguindo as pisadas do pai, recebia o seu testemunho. Alcançou elevados índices físicos e mentais no treino militar. Quando começou a guerra do Ultramar, foi para Angola, por onde o pai também andara décadas antes. Foi um dos primeiros comandos a actuar nas operações de guerra. A sua trajectória terminou quando rebentou aquela mina que lhe custou uma perna e um olho. Evacuado para a Metrópole, esteve meses internado num hospital militar. Não aceitando estar inactivo muito tempo, assumiu um cargo administrativo no hospital. Movimentava-se à vontade com as próteses experimentais que então lhe davam. Havia um pavilhão anexo ao hospital, um edifício sombrio, rodeado por árvores que há muito tempo tinham deixado de ser cuidadas. Durante uma visita que o meu pai lhe fez nessa altura, o tio Horácio, por questões de serviço, teve de ir a este pavilhão e o meu pai acompanhou-o. Fez ranger a porta do pavilhão feio e gelado e dirigiu-se a um armário para recolher a papelada que procurava. Quando iam sair, o tio Horácio pareceu tomar uma súbita resolução e voltou atrás, conduzindo o meu pai para uma outra dependência cuja porta, trancada à chave, ele abriu. A luz débil que acendeu não iluminava todo o compartimento que se estendia diante deles. Já mais familiarizado com o espaço, como quem de repente se apercebe do lugar onde está, o meu pai reparou num amontoado de caixas de madeira, que se elevava quase até ao tecto e ocupava uma boa extensão do compartimento. Metade da pilha de caixas estava abrangida pela luz mortiça, a outra metade mergulhava na escuridão. Calculou instintivamente as medidas das caixas empilhadas: um metro e oitenta centímetros de comprimento, setenta centímetros de largura e outros setenta de altura. O tio Horácio avançou para as caixas, apoiado em muletas, e deu a saber ao meu pai que cada caixa tinha uma etiqueta pendurada. Cada etiqueta tinha umas palavras garatujadas à mão. O meu pai leu numa delas: ataque cardíaco; noutra: embolia pulmonar; noutra ainda: peritonite aguda. O tio deu uma risada e disse:

– Continuam a chegar. É aqui que os guardam. Estás a ver este aqui, o do ataque cardíaco? Foi uma mina que o fez em bocados. Este aqui, o da peritonite aguda... Foi uma granada, numa emboscada. – E sublinhou estas palavras com uma risada cheia de sarcasmo que ecoou no pavilhão e fez gelar os ossos do meu pai.

Na presença dele, eu sentia-me pequeno, inferiorizado, infantil, espoliado pelo vigor exaltado que emanava dele. Viveu e participou no pior da guerra. Mas sobre isso pouco falava. Quando se punha a recordar a guerra e se calava de repente, sabíamos que estava a pensar em coisas sórdidas ou secretas, que não deviam ser ditas, pelo menos não a nós. O que nos contava eram, sobretudo, recordações mais ou menos caricatas.

– ... Até no próprio dia 25 de Abril houve um tipo que perdeu a mão... A viatura em que seguíamos, numa coluna, sofreu uma emboscada e o condutor não conseguiu evitar o despiste. Na queda, o veículo decepou a mão direita do Simões. No meio da confusão, dos gritos e dos tiros, ele reparou no que acabara de lhe acontecer e viu a mão caída no chão, a três metros de distância... Então, num assomo de raiva, deu um pontapé na mão e esta voou para o mato. No hospital de campanha o médico perguntou: Onde é que está a mão? Se encontrassem a mão ainda podiam cosê-la ao braço. Eu e alguns camaradas voltámos ao local do acidente, procurámos no meio da vegetação julgando que íamos disputar a mão com as formigas. Não encontrámos o raio da mão e o Simões teve de se contentar com uma de plástico... No regresso ao quartel um tipo disse-me: Houve uma revolução em Portugal. E eu respondi-lhe: Quero lá saber, o que eu quero é uma cerveja bem fresquinha. E era verdade, naquele momento, para mim, era mais importante uma cerveja do que a revolução, a democracia ou o raio...

Uma vez brincou às escondidas comigo e com a Irene, na parte da quinta mais propícia a esconderijos, e deixou a perna artificial à vista, vestida e calçada, junto de uma árvore, levando-nos a pensar que o íamos surpreender quando, afinal, nós é que fomos surpreendidos ao agarrarmos a prótese, sem que o dono estivesse por ali. O tio Horácio apareceu de trás de outra árvore, a saltar sobre uma perna só, sacudido por grandes gargalhadas chocarreiras, perante o nosso fascínio e terror. Outras vezes, deixava o olho de vidro num lugar onde alguém teria de o encontrar inevitavelmente: no lavatório da casa de banho, sobre uma cadeira que alguém puxava para se sentar, dentro de uma caixa deixada aparentemente esquecida e oferecida à curiosidade de quem topasse com ela, e, escondido por perto, observava a reacção do incauto e divertia-se com isso. O meu pai chamava-lhe pirata devido a essa alegria que se alimentava do susto dos outros. Havia qualquer coisa de predatório no tio. Seriam os hábitos do ex-combatente? E o facto de ele ter todos os requisitos mínimos que vulgarmente se exigem a um pirata clássico, a perna de pau, o olho de vidro, a cara de rufia, só acrescentava justiça a esse cognome. Velho pirata lhe chamei eu muitos anos mais tarde, quando o vi numa cama de hospital, convalescente e anestesiado, e mais tarde ainda, confuso e apatetado, em cafés onde se riam dele à socapa.

A perna falsa dava-lhe um modo de andar de autómato, que ele disfarçava com uma postura marcial e enérgica, fazendo crer que andava assim porque queria, e não porque estivesse condicionado. Tinha um modo característico de se levantar de uma cadeira e começar a andar: atirava a perna de plástico para a frente, num movimento sacudido, que quase se diria autónomo, e o resto do corpo tinha de se apressar a segui-la como para impedir que ela se separasse, ou era arrastado por ela como uma carruagem é arrastada pela locomotiva. Às vezes ouvíamo-lo murmurar para si mesmo, bem-humorado:

– Espera aí... Para onde me levas? Tem calma.

Depois daquela ida à minha escola, instruía-me, com modos graves, a ser cuidadoso e prevenido em tudo na vida, a nunca baixar a guarda, mesmo nas coisas mais simples e aparentemente inofensivas... Porque fora por descuido que ele pisara aquela mina: por questão de menos de um metro afastara-se das pisadas da coluna de homens, na picada, e fora ao encontro da mina, presente escondido para ele pelo inimigo. Em muitas circunstâncias, em que achava oportuno avisar-me sobre a importância de se ser cuidadoso, de se seguir as regras, rematava enfaticamente:

– Foi por não ter cuidado e não ter seguido as regras que o teu tio perdeu uma perna e um olho.

Intrigavam-me sempre estes seus momentos de seriedade repentina, estes avisos dramáticos para meu benefício, porque um minuto antes ele estivera a rir de alguma coisa, ou mesmo de nada, com gargalhadas monumentais. Nunca me esqueci do caso ocorrido com o seu camarada Eduardo, o da bala na boca.

– Estávamos debaixo do fogo do inimigo, o Eduardo mesmo ao meu lado. De repente, o Eduardo foi atingido por qualquer coisa na boca. Não gemeu nem gritou... Passado o primeiro impacto, sentiu que estava a trincar objectos estranhos. Cuspiu, e da boca, no meio do sangue, saltaram-lhe uma bala e vários dentes. Ele ficou parvo a olhar para aquilo e eu fiquei parvo a olhar para aquilo. A raiva dele foi tal ao cuspir a bala e os dentes que esqueceu toda a prudência e avançou em campo aberto em direcção ao inimigo, a correr, a urrar e a disparar, com o peito aberto às balas. Ao vê-lo assim, pensei que estava num filme. O inimigo também deve ter pensado o mesmo, porque, apesar de responder, não o conseguiu atingir. De qualquer forma, por muito que ele avançasse, não encontrou ninguém, os tipos já tinham fugido. Mas teve muita sorte em não ser abatido.

Contou-me as origens dos comandos, de que ele fazia parte desde o começo. Esta tropa especial fora criada em 1962, em Angola, para responder às necessidades da guerra colonial. O grito de guerra dos comandos é Mama Sumé, usado por uma tribo banto do Sul de Angola como parte de um rito de passagem e que significa: estamos prontos para o sacrifício. O grito era usado na cerimónia de entrada na vida adulta. O rapaz banto, para sair da puberdade e ser um homem adulto, tinha de caçar um leão.

O tio Horácio disse-me:

– Sabes porque te estou a contar isto? Porque precisas de caçar o teu leão, Vergílio. Acho-te muito pálido, muito agarrado à tua mãe e à tua irmã. O teu tio está aqui para te ajudar.

E, dizendo isto, piscou-me o olho, isto é, cerrou momentaneamente a pálpebra do olho bom, ficando por um instante a fitar-me com o olho de vidro, o que era arrepiante, porque esse olho falso parecia ver mais do que o outro, tinha um poder sobrenatural, qualquer coisa de mágico e hipnótico.

– Um dia eu e tu, Vergílio, vamos fazer uma incursão lá fora – disse o tio Horácio, num tom mais baixo e grave, como um segredo. – Vamos camuflar-nos para a caça, vamos sair por uma janela quando todos estiverem a dormir, vamos rastejar na noite e perseguir o teu leão, e tu matarás o teu leão, Vergílio, e gritaremos... Mama Sumé!

Quando recuperei do tom solene que ele deu a estas palavras, retorqui:

– Em Portugal não há leões, tio.

– Não há? Não há? – fez ele, aproximando a sua cara da minha. – Tens a certeza? Tens a certeza, Vergílio?

De repente, eu já não tinha a certeza e podia acreditar que os leões fazem parte da fauna portuguesa como as rolas ou as lebres.

A Vida Verdadeira

Na tropa, o tio Horácio fez muitos cursos de operações especiais, aprendeu a ser o atirador furtivo que aguarda, paciente e camuflado, o seu alvo; aprendeu a estar infiltrado para fazer guerrilha atrás das linhas do inimigo; aprendeu técnicas de antiguerrilha; aprendeu a sobreviver sozinho com recursos escassos e em ambiente adverso; sabia fazer explosivos a partir de materiais domésticos e inofensivos, como a urina (mais do que uma vez me disse: Sei fazer explosivos com a minha urina). Essas capacidades predatórias transferiu-as, depois, para a vida sentimental e amorosa, com resultados desastrosos. Generoso e egocêntrico ao mesmo tempo, era ávido de afecto e dissipava afecto. Insaciável, movido por um sentimento de urgência nunca atendido, que assustava as pessoas, sobretudo as amigas que ele cortejava indiscriminadamente e que passavam a furtar-se às suas insinuações. Perante as manobras de evasão com que tentavam evitá-lo, cobrava-lhes o afecto, oferecido e exigido, com palavras amargas e sarcasmos. Quando o confrontavam com a sua inabilidade sentimental, fazia-se desentendido e punha as culpas na vida militar e na guerra. Dizia: Na tropa só me ensinaram a matar.

Quando tinha sete anos e ia na rua pela mão da mãe, uma cigana leu-lhe a sina e viu que ele haveria de ser muito rico. Não disse quando exactamente, e o meu tio acreditou, toda a vida, que essa riqueza que o destino lhe queria dar viria ao seu encontro, nem que fosse na extrema velhice. O meio para lá chegar seriam os negócios, ou a lotaria, ou outro prémio da sorte. Fazia cálculos com base em fórmulas incríveis que, pensava ele, lhe dariam um dia a chave secreta e o dinheiro choveria sobre a sua cabeça. Como se a sorte fosse um algoritmo matemático à espera de ser descoberto através de cálculos porfiados que não eram mais do que uma forma disfarçada de fé.

Os negócios em que se meteu, à procura de cumprir a profecia de uma fortuna fabulosa, resultaram sempre em desastre.

Não tinha jeito para os negócios mas achava que tinha. Um dia trouxe, de uma viagem marítima, uma mala de porão cheia de agulhas de tricotar que comprara a um charlatão e que tencionava revender. Veio a descobrir-se que todas as agulhas tinham um defeito e eram imprestáveis. Sempre que tinha dinheiro empenhava-se em estoirá-lo à grande, convidava amigos oportunistas, havia bebedeiras e festas de arromba. Tudo por conta do Horácio, anunciava ele. Às vezes dormia em nossa casa, incompatibilizado com a mulher e as filhas, e regressava dessas festas a uma hora avançada da noite. Eu e a minha irmã ouvíamos no corredor os seus passos de bêbado. Sabíamos que ele trazia sempre um saco cheio de moedas: naquelas ocasiões, só pagava com notas altas para impressionar as pessoas, acumulando os trocos num saco que, ao chegar a casa, lançava sobre a mesa. Esse ruído do choque do saco das moedas com o tampo da mesa atraía-nos e, sorrateiramente, íamos lá tirar algumas. O que para ele eram restos desprezíveis, para nós eram um meio de prosperar ou amuletos da fortuna.

    Conhecíamos as aventuras do tio Horácio com mulheres casadas, divorciadas, viúvas. Os gastos exibicionistas e ruidosos que fazia com elas eram mais um traço da sua personalidade de fanfarrão. Nunca deixou de ser um galanteador e um sedutor. Qualquer mulher podia ser alvo dos seus piropos, até a minha mãe, até a minha irmã quando adolescente. Ao fim de meio ano entre nós, reconsiderou a sua situação e pediu à mulher que o aceitasse de volta. Ela acedeu, embora esta não viesse a ser a última das suas escapadelas de casa. Tratava-se de uma angolana que conhecera durante a guerra e que, depois, julgou poder deixar para trás, tal como a guerra. Quando vim a ter idade para saber destas coisas, o meu pai contou-me o que se passara. O tio Horácio, nas suas licenças, corria a frequentar a companhia daquela mulher por quem se dizia apaixonado, embora o meu pai achasse que o interesse devia ser, da parte dele, puramente sexual. Ela engravidou perante a indiferença inicial dele. Quando o bebé nasceu, o meu tio quis dá-lo a um camarada, um capitão cujo maior desgosto era ele e a mulher não poderem ter filhos. Era como se o bebé não fosse dele mas a mascote da companhia de comandos. Não era boa ideia dá-lo a quem queria tanto ser pai? Declarou a intenção ao capitão e este preparava-se já para adoptar e perfilhar a criança. Não contavam com a mãe, que a defendeu com a fúria de uma fera que defende a cria dos caçadores. Protegeu incondicionalmente a criança, tal como, mais tarde, lutou pelo amor que sentia por aquele homem estranho e caprichoso e o obrigou a encarar o próprio amor que deveria sentir por ela.

Quando o meu tio foi evacuado para Luanda e depois para Lisboa, a mulher, a criança e a guerra pareciam ter desaparecido para sempre. Um dia, pouco depois de se reformar por invalidez, bateram à porta de sua casa e ele viu diante de si uma mulher com uma criança ao colo, ambas decididas a não serem apenas incidentes de guerra deixados para trás, uma mera recordação sexual exótica. Ela seguira o rasto do tio Horácio em dois continentes, desde o último dia, já longínquo, em que tinham estado juntos, até àquela porta, a que bateu e que ele abriu. Usando uma coragem e um sentido de orientação que ele nunca supusera existir naquela habitante de uma sanzala africana, empreendera encontrá-lo e encontrou-o. Como o conseguira, ele nunca veio a saber exactamente. Relutante, acolheu-as a título provisório. Não podia adivinhar que o provisório ia durar o resto da sua vida. Ainda quis fazer dela sua criada, mas ela exigiu ser tratada com a dignidade de mãe da sua filha. Nasceu-lhes uma segunda filha. Mesmo assim, o meu tio conservou os tiques de patrão, que ela rechaçava e em que ele reincidia constantemente. Queria ter com ela uma relação de patrão com empregada, e onde o elemento sexual estivesse presente para divertimento e desfastio.

A notícia de cada nova gravidez (e foram quatro ao todo, sempre meninas) despertava nele uma ligeira perplexidade que lhe fazia enrugar a testa, como se não percebesse a ligação entre os seus actos e o aparecimento de um bebé. Creio que, vida fora, tentou permanecer um estranho para as filhas, de modo atabalhoado; as filhas deveriam ser sempre uma coisa da mãe. Concedia-lhes uma atenção negligente e superficial, uma ternura ocasional. Mas deve ter acabado por perceber que elas, a mulher e as quatro filhas, foram as pessoas mais próximas de si desde que voltou de África.

8
A guerra

O fotógrafo e Gabriela, a mediadora imobiliária, avançam afoitamente em direcção às velhas árvores que tapam parte do terreno da quinta. Caminham, desenvoltos, como profissionais que são de fotografar e vender as propriedades alheias, e eu é que vou tropeçando e cambaleando, a cada passo, nos pedaços semi-enterrados da minha vida, na relva, nas raízes das árvores que afloram à superfície. Para eles isto é um terreno a ser vendido, como tantos outros, e não a minha paisagem original.

Eis-nos junto às árvores e àquela sebe natural e já muito descuidada, como uma fronteira face à maior parte do terreno que, em declive, avistamos de cima, indo terminar na estrada nacional que passa do outro lado.

Gabriela faz uma pala com a mão sobre os olhos e observa o espaço à nossa frente. Diz:

– Cabem aqui muitos lotes de urbanização. Podem fazer-se moradias, cada uma com um pequeno terreno à volta. Isto é importante para o comprador, senhor Vergílio.

Sublinha estas palavras com uma expressão entusiasta no rosto, como se nos devêssemos congratular com as boas perspectivas do comprador. As boas perspectivas do comprador serão as boas perspectivas da agência de mediação imobiliária e as minhas próprias perspectivas, e assim todos ficamos contentes com o negócio.

Ela tem os olhos postos no futuro, nas medidas futuras, nas edificações futuras. É uma optimista e uma entusiasta, esta Gabriela. Julga poder contagiar-me com o seu optimismo e as suas vistas largas. Isto para ela é um território nu, terra selvagem, desperdiçada pela civilização, até agora excluída do mundo. Pioneira, vem anunciar a chegada da civilização a estas paragens perdidas. Ela quer meter a minha paisagem original na esquadria dos desenhadores, quer entregá-la às réguas dos agrimensores, quer oferecê-la à imaginação dos arquitectos. É isto tudo o que ela quer e eu não a posso impedir.

Reparo que o fotógrafo, depois de assestar a máquina para o espaço que se abre à nossa frente, foi atraído por algum pormenor na árvore mesmo ao nosso lado e, aproximando-se, fotografou-o. É uma fotografia pitoresca e mais pessoal, esta que ele acaba de tirar. Rodou a cabeça para mim e sorriu, cúmplice involuntário. O que ele fotografou foi a inscrição do meu nome e do de dois amigos na casca da árvore, feita há mais de dez anos. Olho para os três nomes ali gravados. Hoje fá-lo-íamos um pouco mais alto. Naquela altura os nossos braços eram mais curtos.

Eu tinha descoberto a colecção de catanas do tio Horácio. Eram cerca de quinze, todas confiscadas por ele durante a guerra. Escondi algumas dentro do tronco oco de uma árvore e desafiei dois amigos meus para brincarmos com elas. Como eu conhecia muitos episódios de guerra contados pelo tio Horácio e os seus camaradas, orientei incursões na quinta como se fosse o mato africano. Tinha o cuidado de os levar apenas para aquelas partes incultas do terreno, para pouparmos as plantas da minha mãe e sermos menos notados. Admirávamos a precisão com que as catanas cortavam folhas e caules, despedaçavam pinhas, ceifavam ramos de árvores. Brincávamos também aos mutilados de guerra. Experimentávamos todo o tipo de amputações, caricaturas grotescas em que, invariavelmente, a deficiência se tornava vantagem de super-herói: o mais amputado e mutilado triunfava por modos sobrenaturais, o que aborrecia os outros que, ou acrescentavam amputações ainda maiores e os correspondentes superpoderes, ou cancelavam o jogo declarando-o demasiado inverosímil e vulnerável à batota.

Eu contava-lhes factos que ouvira dos verdadeiros combatentes e acrescentava pormenores inventados. O que não sabia explicar imaginava e, para manter o meu prestígio de conhecedor destas matérias, tinha de ser hábil a temperar o inverosímil com o verosímil. Um rego de água era o rio Zambeze que era preciso atravessar tendo em conta os crocodilos. Um conjunto mais denso de árvores eram os arredores de Nambuangongo onde nos esperava uma emboscada. Um pedaço de chão, com vegetação de cor distinta, era Goa onde a guerra estava iminente e se pressentia uma grande invasão. Competíamos para sermos heróis. Mas, se um de nós se lembrava de morrer de forma ainda mais heróica, a brincadeira adquiria outro rumo e passávamos a fingir todo o tipo de mortes, para ver quem conseguia morrer mais magnificamente. Guerras reais e crianças que brincam às guerras são coisas que nunca acabam, estão sempre a recomeçar.

Quando esmoreceu a nossa imaginação e não sabíamos já bem o que fazer, gravámos então, a golpes de catana, os nossos nomes na casca da árvore. Depois contei aos meus dois amigos sobre a guerrilheira que fora degolada por um soldado português porque os seus gritos poderiam atrair o inimigo. Então, um deles propôs que a minha irmã fizesse o papel dessa guerrilheira: captura, gritos de socorro, degolação. Para prosseguir, a brincadeira precisava de algo novo, algo audaz. Espiámos a Irene junto ao baloiço, para onde ela ia sempre que eu trocava a sua companhia pela dos meus amigos.

– Ela não vai querer – disse eu, fixando-a ao longe com muita atenção.

– Então vamos raptá-la – disse um deles. – Vamos obrigá-la. Ameaçamo-la com as catanas e trazemo-la para aqui. Quando ela estiver a gritar, fingimos que a matamos – e brandiu a catana, perante o entusiasmo do outro.

Hesitei. Entre o estímulo da amizade que me convocava para brincadeiras de rapazes, desejavelmente perigosas, e a lealdade à minha irmã, por momentos não soube o que escolher. Eles já estavam prontos para o plano do rapto e forçariam a Irene a colaborar. Ao vê-los empunharem as catanas, cada vez mais confiantes, sem a timidez do início, vi o perigo. Imaginei um acidente, alguma coisa que correria mal, um golpe no ar que acabaria por tocar a pele, ferir, fazer sangue. Catanas africanas, que feriram e mataram a sério, também podiam fazer o mesmo nas nossas mãos. Opus-me à proposta. Eles insistiram, como se já não precisassem da minha autorização. Enfureci-me e confisquei-lhes as catanas. Não eram minhas, mas eram mais minhas do que deles. Era eu quem tinha um tio ex-combatente, era eu quem percebia de catanas. Assim, se nunca me comportei como o dono da bola que frustra os jogadores melhores do que ele, impedindo-os de jogar, comportei-me como o dono das catanas.

Tenho de me referir à fonte de inspiração das minhas fantasias sobre a guerra, que eram a base destas brincadeiras clandestinas com os meus amigos. Mais do que uma vez, o tio Horácio levou-me consigo a convívios com antigos combatentes, no Núcleo local da Liga dos Combatentes, de que era sócio. Pródigo e exuberante, o tio Horácio parecia amigo deles de longa data, embora nenhum fosse da sua companhia. Gerava-se ali um ambiente fortemente masculino, onde se falava da violência viril e dos impulsos vis que os homens gostam de admitir na presença uns dos outros, sobretudo quando foram praticados sobre outros homens. Ali ouvi narrar actos de crueldade e loucura, massacres e violações, mas também demonstrações de heroísmo, lealdade e decência no meio da guerra.

Ainda hoje, quando penso naqueles homens, pergunto-me como se pode recuperar a inocência de quem ainda não matou, de quem ainda não carregou os corpos trucidados dos amigos, de quem ainda não acorda com pesadelos onde tudo é revivido como se fosse real. Como devolver um sono descansado àquele que acorda a meio da noite e vê sobre a cama um saco cheio de dedos e cabeças humanas? Reclamavam, mas quem lhes respondia era um país que mudara muito desde o fim da guerra e que os encaminhava para peritagens especializadas, apuramento de deficiências segundo tabelas de desvalorização, percentagens de incapacidade, tudo debaixo de um rigoroso controlo jurídico e médico.

Numa dessas visitas à Liga, ao fim da tarde, já só estavam o presidente do Núcleo, o tio Horácio e eu. Eu estava a um canto da sala a ler revistas militares e o presidente, julgando que não estava a ver, fez um sinal ao meu tio, como que anunciando que lhe queria dizer alguma coisa em privado. Com receio de ser convidado a sair da sala, fingi-me concentrado na leitura e ouvi tudo.

– Vou contar uma coisa que nunca contei a ninguém. Pensei que isto iria comigo para a sepultura, por muitos anos que vivesse, mas as histórias que se contaram aqui hoje puseram-me a pensar e... bom, resolvi dar este passo. Em 1973 fui dado como desaparecido, possivelmente morto. A versão oficial diz que estive prisioneiro num quartel dos guerrilheiros e fui libertado pelos nossos. Eu e o Brito tínhamos sido enviados numa missão na serra do Uíge. Deveríamos descobrir o local onde se acoitavam aqueles guerrilheiros que há vários dias mordiam os calcanhares das nossas colunas militares que se movimentavam por ali, num raio de quarenta quilómetros. Se conseguíssemos ainda fazer alguma sabotagem, melhor. Camuflados e equipados para sobrevivermos no mato, infiltrámo-nos em zonas densas e desconhecidas do exército regular. Ao fim de três dias, já tínhamos encontrado o rasto do inimigo mas não dávamos com ele. Parecia que perseguíamos fantasmas, tal a habilidade que eles tinham para desaparecer. Foi quando deparámos com uma povoação formada por vinte ou trinta cubatas, habitada por velhos, mulheres e crianças. A coberto da vegetação e do escuro, espiámo-los demoradamente à espera de vermos guerrilheiros ou provas de actividades suspeitas. Deixámos passar mais dois dias até nos convencermos de que aquela aldeola não servia de base para guerrilheiros e, sem descurar a vigilância, aparecemos diante dos aldeãos. O modo como eles nos encararam, perfeitamente tranquilos, sugeria que não escondiam ali nada de clandestino. Era mais do que tranquilidade: o que eles mostravam era indiferença. Espreitámos para dentro de cada cubata e em todas fomos recebidos da mesma maneira. A vida da aldeia prosseguiu como se nós não estivéssemos ali. Eu e o Brito explorámos ainda algum espaço em volta, depois comemos uma refeição que os aldeãos nos ofereceram. À noite, internámo-nos outra vez no mato e dormimos escondidos no capim. No dia seguinte, tudo continuava igual. A refeição comunal parecia-nos mais apetitosa do que as nossas rações de combate, que aliás fazíamos bem em poupar. Começámos a relaxar um pouco mais, a desconfiar menos. Pouco depois do meio-dia, na hora de maior calor, dormi uma pequena sesta encostado a uma árvore que dava sombra. Não passou mais do que meia hora. Quando acordei, procurei o Brito e o que fui encontrar foi a aldeia em peso a rodear qualquer coisa. Aproximei-me também. As pessoas iam-me dando passagem. Quando cheguei ao centro vi alguém caído no chão, como morto. Era o Brito. E estava realmente morto. Os aldeãos observavam o meu horror. Reconheci no Brito os ferimentos de uma arma cortante. Pensei numa catana. Quando venci a minha própria estupefacção, empunhei a metralhadora e a roda de gente foi-se alargando, mas sem pânico, lentamente, até todos dispersarem. Vi-me de repente sozinho, junto ao cadáver do Brito, a rodopiar sobre mim próprio, à procura de adversários que não se mostravam, a tentar penetrar com os olhos a vegetação espessa que me rodeava. Recolhi as armas e uma pequena mochila que o Brito transportava e fui-me esconder no mato, à espera do inimigo, que deveria voltar à minha procura. Depois, não sei... aconteceu qualquer coisa comigo... Eu não estava preparado para ver o Brito morto. Não daquela maneira. O mato parecia-me assombrado. Do meu posto de observação, espiava a aldeia, onde tudo continuava igual. Arrastaram o corpo do Brito para o meio da vegetação, na orla da aldeia, num ponto não frequentado por ninguém. Descobri haxixe na mochila. Eu já tinha fumado antes, mas sem grande entusiasmo. Aquilo relaxou-me, uma vez e outra... Fez-me bem e fez-me mal. Havia muito calor e eu estava entorpecido. Continuava escondido no capim alto, espiava a aldeia a alguma distância, passei fome e sede, fumei mais maconha, como lhe chamam. O tempo passava de uma maneira esquisita, não sabia se tinha passado muito ou pouco. Adormeci várias vezes e sonhei que estava vigilante no meio do capim. No meio dos sonhos julgava que estava perfeitamente acordado e desperto, quando afinal estava inconsciente, agarrado à arma, à mercê de quem me descobrisse. Era como se delegasse no sonho a tarefa de estar acordado, como se os meus inimigos não fossem reais e se movessem nos sonhos. Já não distinguia o real e o irreal, o sonho e a vigília... O calor, a fome e a maconha entorpeciam-me. Os meus pensamentos ora se sucediam numa cavalgada frenética, ora eram lentos, muito lentos... Podia ter mil pensamentos acelerados que se atropelavam uns aos outros, para depois repetir até ao infinito um único pensamento, uma frase qualquer, numa lengalenga monótona e enlouquecedora. Mexia-me como um réptil, camuflado, e se os répteis pensam então eu tive pensamentos de réptil. Regredi à condição de animal. Não estava inteiramente em mim. Penso que estive louco, e não posso atribuir tudo ao haxixe. Convenci-me de que já não precisava das minhas armas e abandonei-as. Não sei quanto tempo passou. Um dia, dois dias... uma semana? Entrei algumas vezes na aldeia para obter maconha, que ali cultivavam e que trocava por qualquer coisa. Fui-me despindo e despojando. Deixei de ser militar. Não sei o que era, o que me tornei. Às tantas já vivia na aldeia, era tolerado, eles olhavam-me com aquela indiferença que já no princípio me intrigara. Entreguei-me ao curso dos acontecimentos. Era um peão submetido a forças maiores, que desconhecia mas que pressentia, embalado no meu torpor e nas miragens do sol. Ninguém me estorvava e eu não estorvava ninguém. Cheguei a ser, em muitos momentos, quando não estava mergulhado na modorra, um interlocutor válido daquelas pessoas. Participei na vida do dia-a-dia da aldeia. Carreguei crianças ao colo, consertei telhados de palha das cubatas, comi das mesmas gamelas. Até que chegou o dia. De repente, senti algo novo no ar. Os aldeãos olhavam para mim com uma expectativa serena. Vi então o homem, no meio do terreiro. Era um branco, um português, um soldado, a avaliar pelos restos de farda que ainda envergava e pelas tatuagens. O desleixo e as provações tornaram-nos parecidos um com o outro. Réptil como eu, com marcas e cicatrizes incompreensíveis no corpo. Ele também tinha a barba e o cabelo enormes, os olhos de quem não dormia há várias noites. A diferença é que parecia vir directamente do mato, onde estivera muito tempo, e trazia uma espada junto ao corpo. A aldeia estava em silêncio. Todos assistiam. O outro caminhou na minha direcção. Quando estava muito próximo, estacou por uns segundos. Então, empunhou bem alto a espada e avançou.

Aqui ele interrompeu o seu relato. Tinha chegado ao ponto culminante. Hesitava. Do meu canto, sempre fingindo-me concentrado na leitura, espiei-o. Agitou-se por uns segundos, como se tivesse sido assaltado pela sensação de estar novamente lá, seminu e expectante, diante do seu duplo. O tio Horácio rompeu o silêncio tenso:

– Ele atacou-o?

Olhou fixamente para o meu tio, como se estivesse surpreendido com esta pergunta, ou com esta interrupção dos seus pensamentos sombrios, e respondeu:

– Atacou-me.

Após uma pausa, o tio Horácio tornou a perguntar:

– E você matou-o?

O outro olhou novamente com espanto, como se o meu tio é que tivesse sancionado os factos, validado a realidade, confirmado a verdade a este homem que, há tantos anos, duvidava da sua própria memória.

– Era ele ou eu – disse, numa voz contida.

E o tio Horácio, em tom de vaga reprovação:

– Portugueses a matar portugueses em África...

– Era ele ou eu. Lutámos pela posse da espada. Ele feriu-me, eu feri-o. O instinto de sobrevivência comandou as minhas acções. Um dos golpes foi fatal. Ele arrastou-se, agonizante, aos meus pés. Eu tinha a espada bem segura nas mãos. Era uma espada portuguesa, mas não era nova, parecia de uma guerra mais antiga. Outro que por ali andou antes de nós... E depois... Os aldeãos arrastaram aquele morto para junto do Brito. Eu não pensava em nada. Tinha a mente oca. De vez em quando mirava a espada, meio enferrujada, e não me lembrava porque a tinha sempre comigo. Os aldeãos respeitavam-na como uma coisa sagrada. Por fim tudo aquilo acabou. Um dia despertei do meu torpor habitual com o barulho de explosões. A aldeia estava a ser arrasada.

Já toda a gente tinha fugido. Tudo ardia à minha volta. Escapei por um triz, só com um ou dois arranhões. Deambulei por ali, como um sonâmbulo, no meio de incêndios e miragens. A nossa tropa deu comigo. Não conseguia dizer o meu nome, número e posto. Perguntaram-me tudo isso e parecia-me uma língua estrangeira. Evacuaram-me de helicóptero. Julgaram que eu tinha estado prisioneiro durante todo aquele tempo e eu nunca desmenti essa versão. Disseram que tinham passado dois meses desde que partira em missão. De umas coisas não me lembrava bem, de outras fingia não me lembrar. Mas isto aconteceu. Nunca tinha contado a ninguém. Tu és o primeiro.

O meu tio permaneceu um bom bocado em silêncio, como se demorasse a digerir o que tinha ouvido. Por fim, perguntou numa rápida sucessão:

– Quem era o outro tipo? Há quanto tempo é que ele estava ali? Matou outros, antes do Brito?

– No estado em que eu estava, não fui capaz de formular essas perguntas nem de procurar respostas. Só muito mais tarde é que me interroguei sobre tudo isso.

– E a espada? Ficou lá?

O outro encolheu os ombros:

– Suponho que sim. Mais enterrada no mato. Um pouco mais enferrujada, se calhar...

O tio Horácio só repetia:

– É uma história dos diabos. Eh, pá, realmente... é uma coisa... realmente, pá... É uma história dos diabos.

O presidente do Núcleo da Liga dos Combatentes, absorto, com o ar de quem ainda ruminava lembranças e imagens, disse:

– E pensar que quando parti para África a única coisa que eu achava que podia ser um problema eram os mosquitos e as formigas.

9
O primeiro morto

A nossa vida começa antes de nascermos, na vida dos que nos antecederam e nos estão ligados por laços de sangue ou leis hereditárias. Para nos conhecermos a nós próprios seria necessário conhecermos essa cadeia de antepassados. A cadeia dos antepassados não é uma ideia abstracta: nós e eles somos as personagens recorrentes de um drama que é tanto individual como colectivo. E nessa memória hereditária todos se querem deitar na posição fetal, ser acolhidos nesse ventre para nascerem para uma vida nova e imperecível, sem a erosão de um corpo corrupto. Aspiram a isso, a persistir como uma lenda, vencido o corpo material que tem de se levantar pesadamente da cama todos os dias, com as suas próprias forças que se vão exaurindo mais e mais, a lutar contra a força da gravidade e o atrito dos corpos sólidos. A existência diária obriga-nos a fazer como o barão de Münchhausen, que, tendo caído com o seu cavalo num charco, estando com água até ao pescoço e prestes a afogar-se, conservou a presença de espírito para se levantar a si mesmo puxando pelo rabicho da sua cabeleira, juntamente com o cavalo que apertava entre os joelhos. Quantas vezes temos de contrariar a inércia, o peso, o atrito, e puxar-nos ou empurrar-nos a nós mesmos para cruzarmos portas, sairmos de compartimentos, subirmos e descermos escadas, atravessarmos os dias e as noites a salvo. Essa parece a verdadeira vida: persistir como uma lenda na memória e nos pensamentos dos outros. Ambicionamos ser essa recordação a caminho da lenda, que tem uma vida própria.

Neste momento, aqui, na quinta prestes a ser negociada, acompanhando estes agentes imobiliários que vêm conhecer e fotografar a casa e o terreno em volta, convoco os mortos, interpelo-os e sou interpelado por eles, porque eles estiveram aqui e ainda estão. Tudo o que me rodeia suscita viagens ao reino da infância e dos mortos. Há por aqui mais fantasmas, sonhos, visões, nas sombras cambaleantes da casa cercada, habitada apenas por mim e que em breve até por mim será abandonada.

Um outro se levanta, reaparece, retorna. O meu primeiro grande morto: o pai da minha mãe, que olhava para mim e para a Irene como se observasse uma espécie exótica de aves coloridas num porto distante da Ásia ou da América do Sul. Quando adoeceu gravemente e passou a estar sujeito a tratamentos cada vez mais frequentes, a minha mãe propôs que ele e a minha avó se mudassem para esta casa, para poderem beneficiar da sua assistência, já que a avó Elisa não tinha forças para o fazer sozinha. Lembro-me de o ver, nos primeiros tempos, a dar passeios pela quinta depois das refeições – para fazer a digestão, dizia ele. Nesses passeios digestivos, com as mãos cruzadas atrás das costas, detinha-se a cada passo para olhar fixamente para uma árvore, uma pedra, uma nuvem. Oficial reformado da Marinha Mercante, depois de ter navegado sobre os abismos de todos os oceanos, sobrevivido a naufrágios e visto homens afogarem-se no outro lado do mundo, muito longe de casa, gostava de observar pacientemente o amadurecer de algumas árvores de fruto do seu pomar e de ler boletins e anuários de economia, de que era assinante. No início, assistia, como um observador externo, aos poderes e singularidades da doença. A doença era um ser com vida própria, um ser com um desenvolvimento que lhe era peculiar e que se fazia às custas da vida do seu portador, daquele que, definhando, via o seu corpo ser requisitado pela doença, para expansão e realização desta. Que desígnios indizíveis, que etapas e direcções preparava ela, que possibilidades a doença ambicionava ainda? Contra todos os conselhos, o avô resistiu enquanto pôde a ser internado num hospital. A medicina, com todos os seus procedimentos e técnicas, existia como ambição conceptual, enquanto o moribundo precisava de assumir e viver a singularidade da morte que lhe coubera viver, sem a desperdiçar com medicamentos ou actos terapêuticos convencionais, sem as interferências químicas, mecânicas ou electrónicas dessa ciência. Uma morte assim vivida deve ser um processo iniciático, enquanto uma tal medicina, por contraste, não deve ser mais do que uma deturpação grosseira, uma ingerência lamentável. Piloto do seu corpo errante, desistira de comandar o seu curso, que o arrastava para o desconhecido. Tinha as mãos ainda agarradas ao leme por hábito profissional, sem fechar os olhos perante o vórtice que o levava cada vez mais para o centro: o corpo feito espuma, o eu que se dissolve.

Com o meu pai, usava modos polidos e circunstanciais. Era só com a minha mãe que, naturalmente, tinha uma relação mais franca e aberta. Num fim de tarde, enquanto tomávamos um chá no jardim, sentados em cadeiras de verga, o avô tornou-se subitamente loquaz. E pôs-se a falar de si como nunca antes falara; revelou coisas sobre a sua vida que ninguém sabia, incluindo a minha avó, sua companheira de cinco décadas. Contou que nascera e vivera, até à morte do seu pai, no Alentejo, em meio rural. O pai, lavrador, envolveu-se numa discussão com um vizinho que protestava sobre limites das terras. Apanhando-o de costas, o outro perfurou-lhe um pulmão com um golpe de picareta. O meu bisavô foi hospitalizado em estado crítico. À cabeceira do moribundo, o filho jurou que se vingaria do agressor. Mas o pai obrigou-o a prometer que não o faria – e ele, a contragosto, prometeu. Deu-lhe o relógio e o anel, objectos sagrados aos olhos do filho, então com quinze anos, e relembrou-lhe que ele era agora o homem da casa. Nesse mesmo dia morreu. Fazia-lhe falta o pai, que reservava os afectos e as atenções para as suas irmãs, por serem mais novas, e o exortava sempre a comportar-se como um homem. Cresceu depressa, desenvolveu-se prematuramente. Era forte, encorpado, destemido. Comparava-se mesmo aos mais velhos e não se sentia diminuído perante ninguém, pelo menos fisicamente. Ao longo dos anos, acalentou um desejo de vingança: mataria o assassino do pai quando este saísse da prisão. Prometera não se vingar, mas o desejo de o fazer fervia-lhe no sangue, era quase irresistível, colidindo com as palavras apaziguadoras do pai no leito de morte. O desgosto, o luto, a raiva, a vingança, tudo isso foi amassado e escondido pelo curso da vida. Ingressou na Marinha Mercante. Casou-se. Teve filhos.

 Um dia, eram passados vinte e cinco anos sobre a morte do pai, deu uma queda em casa e bateu com a cabeça no chão. Esteve desmaiado alguns minutos. Nos dias seguintes passou a sentir-se mais agitado e impulsivo. Fez exames e não lhe encontraram quaisquer danos decorrentes da pancada. O certo é que subsistia uma irritabilidade contra tudo e contra todos e uma agitação anormal. Estava alarmado com os sonhos repetitivos que começou a ter com o pai. Cresceu uma obsessão: ir confrontar-se com o homem que matara o seu pai vinte e cinco anos antes e que ainda vivia na sua vila natal. Porque é que agora se via assaltado por estes sonhos intrigantes com o pai? Os sonhos consistiam apenas numa imagem estática como uma fotografia, que se lhe impunha ao espírito: via a cara do pai, que tinha o bigode aparado e parecia estar próximo e, ao mesmo tempo, distante, inalcançável. Porque é que, repentinamente, tinha esta necessidade imperiosa de ir ver o homem que matara o pai, encará-lo, para o matar finalmente ou, definitivamente, ignorá-lo? Porquê isto, tantos anos depois? Tomado por pensamentos mórbidos, achava-se perto de cometer uma desgraça sobre si ou sobre os outros. Quando conduzia, acelerava até alta velocidade e interrogava-se: E se eu agora virasse o volante para o lado? Convenceu-se de que só iria readquirir a paz se fosse à campa do pai e falasse com ele. Havia muitos anos que não ia lá. Tinha necessidade de o fazer. Era imperioso que o fizesse. Talvez o pai lhe inspirasse a tranquilidade de que precisava. Tinha quarenta anos – quase quarenta e dois, a idade do pai quando morrera. Esse número 42 parecia-lhe o centro de um vórtice para onde as forças da vida o arrastassem, sem que pudesse opor-se-lhes. Precipitava-se para aí, para essa idade, para esse número, fatalmente. Ele próprio era, teria de ser, como o pai aniquilado. Desde a morte do pai esforçara-se por viver como ele. A mesma lógica dizia-lhe agora que tinha também de morrer como ele. Visitou por fim a campa do pai. Falou com o morto, chorou. Depois, foi à taberna mais antiga da vila onde estimava que poderia ver o assassino do pai, e lá estava ele, muito envelhecido, com um ar pachorrento e frágil, com laivos de senilidade no modo como dialogava com outros velhos. Ficou longos minutos a observá-lo à distância. Impressionou-o a sua decadência física. Fantasiou, ainda assim, matá-lo, perpetrar a vingança que imaginava há mais de um quarto de século e que uma promessa solene o impedira de concretizar. Por fim, descobriu que já não tinha o mínimo desejo de se vingar daquele homem – pelo menos não daquele que ali via, tão mudado, provavelmente esquecido do seu crime, inconsciente do impacto que tivera nele. Voltou para casa liberto dos pensamentos mórbidos, da compulsão para a vingança, dos sonhos que o alarmavam, capaz por isso de receber novamente como herança o exemplo moral do pai, e não apenas as relíquias que eram o relógio e o anel.

Recuperou a alegria de viver. O pai, morto, infundiu-lhe vida nova. Porque na verdade sempre tinha gostado de viver e tinha pavor da morte. Descobrira-se vulnerável quando caíra e perdera os sentidos. Essa queda, a percepção da fragilidade do seu corpo, despertara-lhe um fatalismo, uma convicção de morte precoce, repetindo o destino do pai. Percebeu, de repente, a cadeia das gerações, a ligação da vida e da morte. Descobria-se integrado nesse ciclo, filho de um morto, supervisor do crescimento dos seus próprios filhos, que, previsivelmente, lhe deveriam sobreviver. Aceitou a lei da vida, sem a obrigação de cumprir um destino funesto ou encarnar à força um papel que já estava escrito e marcado a golpes de picareta. E a vida prosseguiu. Acabou de criar os filhos. Reformou-se. Adoeceu. Diagnosticaram-lhe uma doença grave. Ia morrer. E estava ali, naquele instante, connosco.

    O avô contou-nos isto, naquele fim de tarde. Ofereceu-nos a sua própria lenda, para que lhe sobrevivesse. Com um vago sorriso, ficou a olhar em frente, para o vazio, onde se deviam projectar imagens assombrosas que davam sentido à sua vida porque a inscreviam numa narrativa gigantesca de que ele era apenas parte. Tinha compreendido os horizontes largos da vida na Terra. Era para si mesmo que ele dirigia esse sorriso complacente, para si mesmo e para tudo, vencida a zanga e a amargura das perdas passadas.

10
Um século de saudades

Depois da morte do meu avô materno, a avó Elisa, então sozinha, a mesma que, com a sua mãe e a sua filha, vinha vigiar os meus intervalos no primeiro ano da escola, gostava de me receber em sua casa. Alguma coisa subsistia do abraço invencível desse trio bisavó-avó-mãe, de que ela era o elemento do meio e agora o mais velho. Se ambos pensássemos muito nisso, eu seria sempre o rapazinho a quem davam pão e colheradas de iogurte através da vedação da escola e ela seria sempre um dos elementos do trio materno que passava os iogurtes e o pão pela vedação, eu e ela estáticos como numa fotografia, vivendo e revivendo a eternidade do gesto fixado na fotografia.

O que ela me dava agora, quando eu ia visitá-la à sua casa, já não eram colheradas de iogurte, mas as suas recordações. E estas eram, sem dúvida, alimento ainda, matéria substancial para a sobrevivência da memória. Tinha noventa anos e solicitava as minhas visitas, fazia-me sentar à sua frente e desenrolava recordações ou punha-se a pensar em voz alta, como se eu fosse depositário de qualquer coisa muito importante que era necessário delegar em mim, transmitir-me, dar-me como herança. Aos seus olhos, eu era aquele para quem, contando o passado, deveriam confluir as histórias dos antepassados, como se cada geração tivesse de prosseguir uma história de que apenas é um episódio breve. Posicionados no presente e olhando para trás, a perspectiva que temos é de que os antepassados, nascendo, crescendo, procriando e morrendo, se dirigem directamente para nós, e só quando nós próprios procriamos e geramos descendência nos ligamos solidamente a essa corrente. Ela afirmava: A tua avó, a mais velha desta família, da qual sou já um símbolo... Chegou a dizer-me, de modo ainda mais económico e pertinente: Eu, simbólica anciã... Seria a idade que lhe dava esta coragem e este arrojo? Quem ainda acha que vai viver muito agarra-se às coisas concretas como quem se agarra à própria vida, tábua de salvação no oceano do desconhecido. Quem acha que vai viver pouco não tem medo de assumir a sua condição de símbolo, forma de sobrevivência quando já se abdicou das coisas materiais.

– Se eu pudesse voltar atrás, voltar a ser menina, como poderia hesitar? – dizia ela. – Como te acho avançado na tua maneira de ser e pensar, acho que percebes bem a tua avó que é o passado, tu que és o futuro. Sabes, Vergílio, muitas vezes não temos apenas saudades das coisas boas, mas também das coisas más que nos aconteceram porque aconteceram. O que dizes destes meus pensamentos? Como o nosso pensamento por vezes voa, voa, e ninguém junto de nós sabe em que estamos a pensar! É aqui, nesta sala, que tantas e tantas vezes recordo a minha santa mãe, tua bisavó, que chegaste a conhecer. Tudo acaba, tudo vai embora... Há quem tenha medo dos que já morreram. Respeito devemos ter, sim, mas medo não, porque para mim os mortos são amáveis, não fazem mal a ninguém, dormem o seu sono eterno. Ter medo é dos vivos, ou antes, de certos malandrins que só vivem para fazer mal aos outros... Agora vou dizer-te como sou. Não sou pessimista, sou optimista. Não sou medrosa, sou destemida. Não sou triste, sou alegre. Não gosto da solidão, gosto de estar acompanhada. Faço ainda alguma coisa da lida da casa, mas com calma, que nunca corri a foguetes. Se eu, quando era nova, não levava a vida muito a sério, porque hei-de levar agora? Eu cá penso assim: se o dia hoje não me correu bem, porque hei-de pensar que amanhã será igual? Tu, Vergílio, és um rapaz que ouve com atenção a sua avó. Não estás aí com impaciência, com vontade de te levantares. Vê-se que respeitas os mais velhos, és dedicado a esta tua avó velha. Que nunca mudes é o que eu desejo, meu querido neto! Nos grandes problemas actuais é necessário usar-se uma bússsola para não perdermos o norte, que tantos já estão perdendo e é pena. Há tantos filhos e netos que desdenham as suas mães e avós que parece que só à cacetada. E os piores de todos são os políticos. No outro dia eu vi na rua uma senhora, mais nova do que eu, mas já com cabelos brancos, parada no meio da rua, e ela soltou um grande suspiro, assim: Ai! Eu aproximei-me e perguntei-lhe: Está a sentir-se mal, precisa de ajuda? Ela olhou para mim calmamente e disse: Não, não preciso, minha senhora, mas veja que uma mãe já não pode acenar ao filho e o filho já não pode acenar à mãe. E porquê, perguntei eu. E ela respondeu: Está a ver aquele senhor ali sentado, naquela esplanada, a ler o jornal? É o meu filho. Mas eu quis fazer-lhe adeus e ele virou a cabeça para dentro do jornal e não me vai fazer adeus nem quer ver-me a passar. E sabe porquê? Porque é um político. Então a senhora explicou-me que o filho trabalha na Câmara Municipal, tem lá um cargo importante. Não quer que a mãe lhe faça um aceno de adeus na rua e até já lhe disse: Mãe, eu sou um político, as pessoas não podem estar a ver-me a fazer-lhe adeus, quando me vir na rua não me faça adeus. O que é que tu dizes a isto, meu neto Vergílio? Não achas que o mundo está a ficar doido, e que os políticos são os piores de todos?

Eu hesitei ao vê-la debruçada na minha direcção, como se esperasse uma resposta decisiva vinda de mim, uma resposta que, confiava ela, iria definir de uma vez por todas o estado do mundo actual. Felizmente, mal abri a boca para esboçar uma ideia de alcance moral e político, ela passou por cima do assunto e adiantou-se-me:

– O que é que tu queres ser, Vergílio? Que estudos é que estás a fazer?

Falei-lhe dos meus projectos de me dedicar à investigação científica em biologia ou bioquímica, área dos meus estudos, o que não pareceu dizer-lhe grande coisa. Mas quando avancei que escrever era talvez a minha vocação mais verdadeira, perguntou-me:

– E já escreveste alguma coisa? Tens histórias da tua autoria que me dês a ler? A nossa família tem veia poética. Essa tua veia de historiador vem daí. O teu bisavô era poeta repentista. Ditar-te-ei os versos dele que sei de cor e que nunca foram escritos. Tu e eu faremos esse trabalho.

Quando a minha avó me mandava sentar diante dela, eu ainda não sabia que cada geração faz uma corrida de estafetas, continua uma corrida iniciada há muito tempo, recebe o testemunho dos pais e avós e transfere-o aos filhos e netos, e o que é transferido e preservado, como o fogo protegido pelos primeiros homens que aprenderam a acendê-lo e receavam perdê-lo, é a memória. No entanto, a memória familiar, esse grande legado, esboroava-se um pouco mais a cada morte, a cada novo elo acrescentado da cadeia, a memória corrompia-se, modificava-se, deturpava-se, desvanecia-se, e o que cada um chegava a receber era uma versão reconstituída, revista e corrigida pelos próprios defeitos de memória do seu portador. Muitas vezes a minha avó inventava, coloria os factos com a sua própria imaginação, com uma fantasia que ela própria assumia, como se intuísse que a memória é uma ficção, uma recriação pessoal inevitável e necessária, único meio de resgatar o que desapareceu e de insuflar vida nova aos mortos, de reedificar lugares e paisagens que já não existem a não ser reproduzidos num cenário de teatro ou de filme, imagem vacilante que se acende quando alguém diz: Eu lembro-me, foi assim.

A avó Elisa tirou um maço de papel de carta de uma escrivaninha antiquada e fez-me escrever nomes completos de pais, avós, bisavós e trisavós dela, lugares de nascimento, profissões, casamentos, filhos, por onde andaram, como morreram. Apontou-me os retratos expostos na sala, uns pendurados nas paredes, outros sobre mesas e prateleiras, e juntou-lhes os nomes e graus de parentesco. Ainda guardo essas folhas escritas à pressa, ao ritmo do ditado que ela fazia, como se houvesse urgência em fixar por escrito toda uma genealogia, o resumo da passagem que aquelas pessoas tiveram no mundo. Acelerando o filme animado das suas vidas, e cujo guião a minha avó descrevia em traços largos, eu podia vê-las a correr entre as horas e as idades, entre as cidades e os países, entre as casas e as estações e os portos onde embarcaram, podia vê-las abrindo e fechando portas, assomando a janelas e tornando a afastar-se, deitando-se com o Sol e levantando-se com ele. Acelerava o filme das suas vidas e via-as precipitando-se para a morte. A minha avó tinha pressa em ditar e apressou o meu gesto de escrever, porque sobre a Terra a vida tem pressa, e talvez o rebobinar acelerado daquelas vidas passadas lhes confira, por serem passadas, a nós que as revemos agora, a sua velocidade verdadeira.

Trisavós dos princípios da técnica da fotografia saltavam das paredes que rodeavam a avó Elisa, os seus bustos reconquistavam um corpo de carne e osso, readquiriam a espessura móvel do tempo, eu via-os a andar ou sentados, a fumar ou a falar. Havia ali vários retratos da mesma pessoa, quando nova e quando velha, e eu via a mesma pessoa quando nova interagindo consigo mesma quando velha, como se não fossem a mesma pessoa mas pai e filho, avô e neto. Se sobrepusermos as várias idades da mesma vida resulta que somos filhos e pais de nós próprios ao mesmo tempo. Sentada muito direita no sofá, onde praticamente não se movia, ela pronunciava com monotonia a lengalenga de nomes, idades, gestos exemplares, graus de parentesco, e de repente as suas palavras, como se não fossem suas mas tivessem uma origem mágica, reanimavam os mortos perfilados à sua volta, que a olhavam de soslaio de todos os cantos, e eles, devolvidos à vida por artes secretas que eu facilmente podia atribuir à minha avó, vinham postar-se ali mesmo, na sala, como uma terceira pessoa sentada ou em pé ao nosso lado, encarando-nos polidamente, como quem se faz presente mas reluta em incomodar, sem chegar a interromper a lengalenga mágica ou a concentração apressada com que eu lançava o ditado para o papel. Se eu levantasse os olhos, podia ver ao meu lado o homem robusto de barbas crespas e abundantes, de olhos benévolos, vestido de fraque, que fora pai de dezassete filhos e atravessara um rio em África levado em ombros por criados, depois de serem disparados tiros de espingarda para as águas para afugentar os crocodilos. Podia ver uma mulher com touca de freira, que se encerrara durante cinco anos num convento para fugir de um homem que se dizia apaixonado por ela e que ruminava o plano de aceitar casar-se com esse homem, acabando por o fazer a fim de possibilitar o nascimento futuro da velha que falava dela e do jovem que escrevia isso mesmo.

Depois a avó regressava a mim, àquele que, supostamente, iria continuar a família, como se a Irene, sua neta também, não tivesse um papel a desempenhar. Dizia-me o que todas as avós dizem:

– Como tudo isto me parece um século de saudades, Vergílio! Daqui a nada és um homem com a vida assente, vivendo do seu trabalho, orgulho dos seus pais e da sua velha avó, se ainda for viva. Eras uma criança, dava-te iogurtes pela grade que rodeava a escola. Agora, olha para ti...

11
O professor Emanuel

A vida escolar impôs-me provas e aventuras que não podia partilhar com a Irene. A diferença de idades estabelecera uma separação dentro das salas de aula, que tentávamos compensar reunindo-nos nos intervalos e sempre que podíamos. Logo no início, a escola, afirmando os seus direitos sobre mim, introduziu-me noutras esferas para além da esfera materna, embora, como os homens da Idade Média, eu ainda visse essa sucessão de esferas embutidas umas nas outras como camadas que tinham como centro cósmico o Sol, e o Sol era a minha mãe. Afastando-me, puxado pelos braços da lei, seduzido e convocado à força por gente estranha e autoritária, tinha ainda a minha mãe como a grande referência, ponto geométrico de partida à volta do qual tudo o mais se organizava, e achava que o mesmo se passava com toda a gente, até com esses adultos desconhecidos que estipulavam os meus novos hábitos e horários. Supunha que também eles deveriam ter uma mãe referencial, geometricamente instalada na mais central de todas as esferas.

Mais uma fornada de rapazes e raparigas ia encarar, ao longo dos anos, as aulas e os professores como um dado adquirido, um direito que era um dever, algo que não se questiona. Os anos mais precoces da escola, onde, apesar da minha autodisciplina, eu me notabilizara pela rábula involuntária do V de Vaca, preparavam-nos para os anos intermédios e para os mais avançados. Tudo para aí nos conduzia, para esses corredores, essas salas com armários velhos cheios de livros e esqueletos, esses anfiteatros com bancadas escuras cheias de torneiras e instrumentos de vidro. Esse era o nosso destino. Um ou outro de nós poderia furtar-se ao que parecia inevitável: contava-se que um tivera força para dizer que não queria estudar mais; outro fora retirado da escola pelos pais para ir trabalhar. A maioria prosseguia os estudos, não por ambição ou decisão pessoal, mas porque não sabíamos que pudéssemos fazer outra coisa ou que houvesse para nós mais mundo do que os muros da escola.

Fui mobilizado para aventuras do espírito nas aulas de ciências, de filosofia, de história, de matemática e, claro, de língua portuguesa, a língua materna e natal que agora era, definitivamente, um domínio colectivo, uma disciplina escolar a que todos tinham acesso, que, outrora, eu e a minha mãe espoliáramos mas que reaparecia recomposta e intacta nas gramáticas, nos prontuários ortográficos, nos dicionários. Envolvi-me nessas aprendizagens venturosas e aventurosas no edifício do antigo liceu, mergulhei naquelas matérias que centenas de gerações prepararam e moldaram, resultado do labor de génios mortos e dos seus seguidores inumeráveis, cujos retratos gostava de examinar nas páginas dos manuais como se fossem pessoas da minha família e o manual um álbum de recordações.

Adolescentes, mal saídos de uma infância caseira, íamos ali todos os dias receber doses de saber, de tal modo que os professores davam a entender, sem o dizerem abertamente, que éramos nós os depositários daquele património, que fora para nós que ele tinha sido construído, nós, a nova geração, os beneficiários últimos de milénios de pensamento e descobertas. Não sabíamos ainda que não éramos os últimos, os herdeiros definitivos, que o nosso privilégio era afinal transitório, um degrau numa escada cujo fim não está à vista, um elo provisório entre gente que já tinha morrido e gente que ainda não tinha nascido; não sabíamos que antes de nós já outros se tinham achado os últimos, o termo de uma longa evolução, até descobrirem a transitoriedade e a morte e se consolarem pensando que faziam parte de um todo maior que sobrevivia aos indivíduos e aspirava à imortalidade. Naquela altura ainda podíamos acreditar que fora para nosso proveito, concretamente para mim e para os meus colegas, que Newton formulara a lei da gravidade, que Platão imaginara a alegoria da caverna, que Vasco da Gama descobrira o caminho marítimo para a Índia, que Lineu classificara os seres vivos. Tudo isso fora feito a pensar em nós, em nossa intenção. Como poderia ser de outra forma? Ainda viria outra coisa ou alguém depois de nós? Não éramos nós os herdeiros cheios de sorte e de privilégios, os delfins da Humanidade? Assim é que tantas vezes acreditamos ser a criatura perfeita procurada pela Criação, a sua obra-prima, como um novo Adão habitando um paraíso que lhe foi dado de presente. Somos esse homem adâmico, inicial e final, novo e velho, recente e ao mesmo tempo antiquíssimo. Escolhidos pelo Deus que escolhemos, constantemente habitamos o paraíso e somos dele expulsos, e novamente lá entramos para sermos escorraçados outra vez. Temos por hábito colocarmo-nos nessa posição oscilante e pendular: ora muito amados, ora despojados do amor que nos fazia especiais.

 Poucos professores deixaram uma marca decisiva na frieza com que sempre encarei as relações exteriores à família, mas ser-me-á impossível esquecer o professor Emanuel. Por altura dos meus dezasseis anos ele tentou ensinar-nos química e ciências da natureza. Devia ter nessa altura cinquenta anos. Alto e forte, dava superficialmente uma impressão de domínio que logo se desvanecia quando falava, porque então sobressaía a sua timidez e a sua moleza. Movia-se entre nós como se aquele não fosse o seu lugar e nós fôssemos criaturas vagamente inquietantes. Envergava sempre o mesmo casaco e a mesma gravata, sujos do pó de giz. Usava, aliás, roupas quentes mesmo no pino do Verão. Tinha o ar de quem estava sempre a tentar compor a sua figura mas sem sucesso. Às vezes, a meio da aula, quando começava a suar debaixo das camadas de roupa quente, pegava num lenço muito bem dobrado, que retirava do bolso traseiro das calças, e num gesto sempre igual, que já conhecíamos de cor, limpava o suor da testa, fazia o lenço descer pela face direita do rosto, percorria o queixo, subia pela face esquerda e, descrevendo uma curva apertada, ia ainda passar por cima dos lábios, regressava novamente à face direita e rodava até à nuca. Era um movimento contínuo, o do lenço, que não interrompia o contacto com a pele e nos enojava pela higiene duvidosa que manifestava. Aquele não era, decididamente, o seu lugar, professor de adolescentes irrequietos e desatentos que abusavam da sua fraqueza, da sua completa falta de autoridade. Tudo corria bem se a turma se mantivesse silenciosa a ouvi-lo, mas, se alguém decidia perturbar a aula, se um incidente qualquer interrompia o plano rígido que o professor preparara, ele ficava atrapalhado, a olhar aflito para a pessoa ou o acontecimento perturbadores, com um tique nervoso que consistia em mover os lábios formando um bico: repuxava os lábios em forma de bico, logo de seguida devolvia-lhes a forma natural, posto o que tornava a fazer o bico, vezes sucessivas, uma bizarria que só aumentava a troça geral. Nunca impôs ordem, nunca levantou a voz ou fez ameaças. Simplesmente, não o sabia fazer. Tinha vastos e profundos conhecimentos, mas o seu nível era demasiado elevado.

Tinha sido brilhante e precoce na sua trajectória académica, ingressara no curso de Física com nota máxima e concluíra-o com notas máximas. Estagiara em laboratórios europeus com cientistas galardoados com o Prémio Nobel, estava na vanguarda da investigação, mas começou a exibir comportamentos que chamavam a atenção: incapaz de autonomia, regressava à dependência da mãe e afirmava que agências secretas internacionais o vigiavam. Iniciou, e não concluiu, estudos em várias áreas: filosofia, antropologia, medicina. Os meus pais conheciam a mãe dele. O diagnóstico que esta fazia constar em público era o de esgotamento psíquico, o que não convencia totalmente mas se aceitava. Falhando a carreira científica que parecera estar à sua espera, veio a lançar mão da actividade de professor para a qual não estava talhado. As baixas médicas eram frequentes e a escola condescendia muitas vezes com as suas faltas. No começo de cada ano lectivo, aparecia com a mãe, uma viúva idosa que o conduzia como se fosse uma criança, apesar de ele ter o triplo da corpulência dela; dirigiam-se os dois ao conselho directivo, ela à frente, ele trotando atrás dela, passivo e obediente, com uma pasta volumosa na mão. Dir-se-ia que, se não fosse a mãe a falar com o conselho directivo todos os anos, ele não viria iniciar as suas funções de professor. E mais valia que nunca o fizesse, porque as suas aulas eram, para nós, incompreensíveis, desligadas do programa curricular e dos manuais que ele, aliás, desprezava, baseando-se apenas nos seus apontamentos pessoais em cadernos manuscritos. Incapaz de descer ao nosso nível e de perceber a realidade, ameaçado por inquéritos sobre a sua competência, encontrou um estratagema para calar as queixas e travar os inquéritos. Dois ou três dias antes de um teste, sabendo, ele e nós, que ninguém conseguiria ter aproveitamento, deixava a pasta em cima da sua mesa, na sala de aulas, com as cópias do teste a sobressaírem, e saía para ir tomar um café, o que só fazia nestas ocasiões. Um de nós retirava uma cópia do teste e fazia-o chegar a alguém, no exterior da escola, que o resolvia. Depois era distribuído a todos os alunos o teste resolvido. No dia da prova só tínhamos de copiar, tarefa que ele nos facilitava porque se tornava, então, mais distraído do que nunca. Combinávamos entre nós falhar duas ou três questões, para ninguém ter nota máxima; restava-nos esse sentido de pudor.

    Se a química do professor Emanuel nos era demasiado abstracta, baseada em signos e fórmulas escritas a giz no quadro negro, as coisas melhoravam com as ciências da natureza, já que podia recorrer a ilustrações e objectos palpáveis do nosso laboratório escolar. Sempre achei que me deveria encaminhar para uma actividade científica, cuja primeira tentação nasceu nesse laboratório. Não admira, por isso, que tenha chegado a depositar grandes expectativas no professor Emanuel, que, dissertando sobre um animal ou uma célula, um microscópio ou um processo orgânico, nos proporcionava vislumbres parciais, mas estimulantes, da Vida, da Natureza, do Universo. Eu procurava a atmosfera daquele laboratório, manipulava os tubos de ensaio, as lamelas, os frascos e frasquinhos com rótulos em latim, o bico de Bunsen e as provetas, as pinças e os preparados histológicos que faziam a minha alegria de estudante. Procurava também as colecções de amostras mineralógicas e animais empalhados. Recordo-me desses bonecos que não eram bonecos, mas seres que, apesar de mortos, conservavam a sua aparência intacta e imóvel, o gesto final, a postura que o empalhador lhes reservara para a posteridade. Mortos, eles resistiam ao trabalho da morte. A minha preferência ia para a colecção de exemplares conservados em formol. Eu sentia-me atraído por aquelas formas imaturas de vida, de contornos provisórios. Já mortas, mas não empalhadas, contrariavam a decomposição natural que estava impaciente por se realizar nelas. Boiando no líquido, dentro de frascos transparentes, podíamos observar esses seres como se estivessem num ventre, não mortos mas em pleno desenvolvimento, ou fixados numa fase do seu desenvolvimento, numa promessa parada no tempo. Eram, na sua maioria, formas embrionárias, a vida no seu começo obscuro, habitualmente escondida, aninhada no corpo opaco da mãe, mas ali não, ali estava dentro de recipientes de vidro, por isso podíamos vê-la perfeitamente, surpreendê-la no sono das suas origens. O professor Emanuel chamava-nos a atenção para um embrião humano com duas cabeças, um embrião de vaca com espinha bífida e outras raridades não menos desconcertantes e bizarras que nos mostravam, segundo ele, uma simetria clandestina, prova de que a própria Natureza fazia as suas experiências e ensaios, eternamente estudando-se a si mesma, num auto-exame constante que não precisava da inteligência dos humanos. Em anos anteriores, quando ainda me era vedado o acesso ao laboratório, eu já vinha cometer a ousadia de sondar a olho vivo as profundezas aquosas onde flutuavam estes embriões, segundo os vários ângulos que os frascos de vidro permitiam quando os rodava mas minhas mãos; chegava a acreditar que naquela colecção estavam representadas todas as formas conhecidas de vida e, ainda, exemplos inclassificáveis e aberrações insolentes. Mesmo hoje, revendo-a em pensamentos, eu não quero perceber quão incompleta era essa colecção, quero restaurar as minhas primeiras e perdidas impressões.

Não era coisa rara a tendência especulativa do professor Emanuel, pelo que tinha de fazer um esforço para se restringir ao programa estipulado para ensinar. Se desse rédea solta a essa veia especulativa e aos seus interesses desordenados, quem o poderia acompanhar? Nós não, seguramente, e ele sabia-o. A sua atitude ansiosa era o resultado deste conflito. Suava então, devido à contrariedade profissional e às roupas quentes que vestia mesmo no Verão e que o levavam a puxar do lenço para limpar o rosto. Pôr ordem nos seus ímpetos intelectuais foi o drama da sua vida. Soube-se que uma editora científica lhe pediu um prefácio para um livro de duzentas páginas, o que ele aceitou. Demorava a entregar o texto encomendado, até que enviou uma versão inacabada do prefácio que já contava trezentas páginas, densas e labirínticas. A editora desistiu. Ficava assim publicamente conhecida a perda da capacidade de síntese do professor, que já nos fizera sofrer nas suas aulas e nas suas lições particulares.

Ainda não falei nas lições particulares que ele me deu. Porque é que os meus pais me puseram nas mãos daquele louco? Devido à sua reputação de sábio e por amizade à mãe dele, que desejava que o filho tivesse algum reconhecimento no trabalho. As lições que dava em sua casa tinham por objectivo preparar alunos para exames finais em nível mais avançado. Éramos recebidos numa sala anexa ao seu quarto de dormir, cheia de livros, papéis, aparelhos científicos, fósseis, objectos bizarros. Logo à entrada, em cima de uma mesinha, havia uma enorme bola de plasticina de várias cores, maior do que uma cabeça humana, que o professor, diariamente, esmurrava, amassava, aumentava ou fazia diminuir. Chamava-lhe a Bola do Caos e convidava-nos, sempre que lá íamos, a fazer o mesmo, a contribuirmos com as nossas próprias mãos para a consistência, nunca acabada, da bola caótica. Dizia que era terapêutico. Nesse trimestre deveríamos estudar a fundo o ciclo de Krebs, com todas as suas mitocôndrias, citoplasmas e moléculas. Mas quem convencia o professor Emanuel a limitar-se ao ciclo de Krebs? Ao fim de uns minutos abandonava os livros, que o enfadavam, e aproveitava uma nota de rodapé, um parênteses, uma sugestão, algo perfeitamente acessório, para seguir um caminho próprio que nos afastava da coisa que nos trouxera ali e pela qual os pais destes promissores estudantes pagavam. Perdendo-se por atalhos, tardava a chegar ao ponto que importava, encaminhava-se para o objectivo sem nunca o atingir e a lição particular escoava-se. Por vezes nem conseguíamos perceber onde se dera a ruptura, em que ponto ele abandonara a matéria inicial e passara para outra.

Naquele dia ouvimos o professor Emanuel falar das formigas, não porque isso tivesse alguma coisa a ver com o ciclo de Krebs, mas porque uma formiga aparecera em cima do livro de um colega, atraída pelo bolo do lanche que ele trouxera. O dono do bolo esboçou o gesto de esmagar a formiga, mas o professor Emanuel disse-lhe para não o fazer. Colocou o insecto no meio da mesa e, empurrando-o ou barrando-lhe o caminho com o dedo indicador, levou-o a andar em círculos no meio da bancada, enquanto dizia:

– Vocês sabem o que aconteceria se deixássemos esta formiga explorar o bolo à vontade. Ela iria regressar ao formigueiro, que pode estar a algumas dezenas ou até centenas de metros daqui, e marcaria o caminho com substâncias químicas que permitiriam que as suas colegas da colónia marchassem em fila ordenada até ao bolo e o despedaçassem aos poucos, para transportar cada bocadinho para o formigueiro. Quem nunca viu os seus carreiros, o seu labor disciplinado e paciente que transporta dos nossos armários, até funduras desconhecidas da terra, as nossas bolachas desfeitas em mil bocados? Há quem semeie a morte e o pânico nessas multidões em miniatura com um insecticida. As crianças gostam de o fazer com jactos de urina, chuva apocalíptica com que brincam aos deuses. Eu já o fiz, no meu tempo, e vocês já devem ter feito o mesmo. No dia seguinte, ou mesmo poucas horas depois, outros carreiros de formigas estão operacionais e activos, seguindo percursos parecidos com aqueles que foram aniquilados. A colónia de formigas restaura-se quase instantaneamente, renovada apesar do ataque sofrido. Observem esta formiguinha. Que perseverança, que empreendimento grandioso à sua escala, e não apenas à sua escala. É sempre preferível entregar as coisas ao curso normal da Natureza, embora eu condescenda em que salves o teu bolo. Faz parte da tua natureza comeres o bolo, mas faz parte da natureza da formiga disputá-lo à tua vigilância. A próxima vez que observarem um carreiro de formigas a transportar pedaços de comida ao longo de dezenas de metros, até ao mundo subterrâneo, até ao desconhecido, lembrem-se de que uma formiga é apenas a célula de um organismo maior, que é o grupo de centenas ou milhares que ocupam a colónia. Isto é evidente quando vemos uma formiga sozinha, aparentemente frágil e impotente, como esta que está aqui à nossa frente, desorientada porque a obrigo a andar em círculos, mas deixa de ser evidente quando vemos inúmeras formigas a avançar e a devorar tudo o que encontram pelo caminho, a arrastar os corpos destroçados das suas vítimas para o subsolo. A formiga, tomada individualmente, é uma pseudocriatura; a criatura real é o conjunto de formigas. Uma formiga que morre é apenas uma célula que se perde, facilmente substituída por outra. O formigueiro é uma criatura capaz de se subdividir em milhares de células, proliferantes, móveis, relativamente autónomas, e capaz de se congregar de novo num organismo compacto. Se há animais que se dilatam no espaço, ou que inflam, ou que saltam, ou que abrem grandes asas, o formigueiro projecta-se por fragmentação, fazendo depois cada fragmento solto regressar à unidade anterior. Quando atacado, o formigueiro dispersa-se, fragmenta-se em inúmeras parcelas, que correm em direcções opostas e confundem o atacante, que não poderá matar todas as formigas. A fragmentação é um óptimo expediente de caça. O colectivo de formigas, funcionando como um corpo único, divide-se em grupos e em indivíduos para melhor cercar a vítima. Quando despedaça e fragmenta a presa, cada fragmento desta é transportado por cada fragmento-formiga do formigueiro. Não vêem vocês aqui uma notável economia de esforços? Eu vejo. Por momentos, poderíamos chegar a supor que este animal, o colectivo do formigueiro, não é real, mas imaginário. A formiga individual é que é imaginária quando tomada por um animal em si mesma.

Estamos enganados no que respeita ao exame das proporções entre nós e as formigas. Não nos deveria tranquilizar acharmo-nos muito maiores do que uma formiga, se ela é apenas a célula de um corpo que zomba da nossa avaliação dos tamanhos relativos. O poder de fragmentação do formigueiro faz lembrar aqueles lagartos e crustáceos que, quando atacados, amputam do corpo principal a parte atacada, salvando o essencial e vindo depois a deixar crescer a parte ou o membro perdido. Chama-se a isso autotomia. O formigueiro é capaz de sacrificar centenas ou milhares de células-formigas para atingir os seus fins. Já se viu uma multidão de formigas guerreiras africanas passar cursos de água: cortam folhas das árvores e constroem pontes feitas de folhas e de formigas. Muitas morrem para as outras poderem prosseguir.

O professor Emanuel calou-se um momento, a olhar para nós como se quisesse ler os nossos pensamentos.

– Adivinho a pergunta que está a nascer nas vossas cabeças – disse, embora nenhuma ideia tivesse brotado nos nossos tenros cérebros. – Que este mecanismo primitivo e eficaz de fragmentação também deva existir, nem que seja como possibilidade remota, no organismo humano. Entre nós também existe a autotomia. Há pouco tempo, a televisão e os jornais falaram sobre um alpinista que ficou com um braço preso e esmagado debaixo de uma pedra, isolado, sem ninguém que o socorresse, e que fez uma amputação cirúrgica do braço inutilizado. Consciente do que estava a fazer, anestesiado pelo próprio acidente, recorreu aos instrumentos rudimentares que tinha ao seu alcance e seccionou o braço por altura do cotovelo. Viveu para contar a história. A autotomia, entre os humanos, pode não passar de uma fantasia, às vezes com contornos de humor negro. Perante uma dor física, uma pessoa exprime a vontade de cortar o membro ou o órgão afectado. Se a dor é no dedo mindinho, tal solução apresentar-se-ia relativamente fácil. Se a dor é na cabeça, a fantasia de autodecapitação surge à mesma. Deverei recordar-vos que a mutilação, nas práticas rituais e religiosas de todos os povos, tem um objectivo propiciatório, é um pequeno sacrifício que evita ou antecipa um mal maior, pode salvar, em última instância, a própria vida? Sim, posso e devo recordar-vos isso. Corta-se uma parte dispensável, fica-se com o indispensável.

De onde tínhamos partido? Para onde nos levara o professor? Não saberíamos dizê-lo. O seu ascendente sobre nós inibira o nosso protesto, não nos ocorria reclamar que nos preparasse para um exame, como era o seu estrito dever. Se na sala de aula da escola a turma numerosa e turbulenta não facilitava a vida ao professor Emanuel, nas lições particulares acontecia o oposto, porque aqui éramos poucos e estávamos em território estranho. A corpulência avantajada do professor, a reputação de sábio que lhe estava colada, o facto de estarmos em sua casa, sentados e ele geralmente em pé, tudo isso contribuía para a nossa passividade e o seu ascendente. Trazia-nos presos ao seu discurso, e discorria, e nós apanhávamos o que podíamos, talvez gratos por não termos de pensar no exame, numa idade em que se está convencido de que isso, como tudo o mais, pode ser adiado. Ele oferecia o fruto das suas reflexões desordenadas a ouvidos não maduros para o ouvirem (ou, imitando a sua pergunta retórica preferida, *deverei* dizer: dava pérolas a porcos?), deixava-nos ver essas construções do seu labor intelectual que nós só espreitávamos timidamente à porta (*deverei* dizer: como bois a olhar para um palácio?). Enredados nas palavras e até mesmo na linguagem corporal do professor Emanuel, quando ele se calava para limpar o suor do rosto com o lenço, retirado do bolso traseiro das calças, esse lenço que, num movimento contínuo e sem nunca se levantar da pele do rosto, viajava da testa à face direita, desta à face esquerda passando pelo queixo, parava sobre os lábios, como se quisesse beber o próprio suor do rosto, para se impregnar de si próprio e da sua auto-suficiência, regressando à face direita e indo terminar na nuca, até mesmo nesses momentos de silêncio e higiene duvidosa ficávamos expectantes do que vinha a seguir.

Só uma coisa podia quebrar este encantamento com que o professor nos mantinha presos: a súbita e sempre ruidosa entrada da sua mãe. Em cada sessão de lições particulares ela aparecia com um lanche. Com roupas antiquadas, a pele da cara muito enrugada, como eu nunca tinha visto em ninguém, o cabelo de um louro baço que não podia ser natural, entrava de rompante, com barulho, o que nos assustava e sobretudo assustava o filho. Vinha cantarolando e distribuindo sorrisos enrugados e senis a todos nós, com uma bandeja nas mãos trémulas, sempre à beira de cair, ou a empurrar uma mesinha de rodas cheia de limonadas e bolos. Esperávamo-la sempre, mas a sua entrada era sempre disruptiva e surpreendente. Ela entrava e o filho calava-se, ela chegava e o feitiço com que ele nos mantinha crédulos e indefesos quebrava-se. Na presença dela, ele perdia o ascendente, ficava subitamente apatetado, punha-se a gaguejar, e era a mãe quem prevalecia, anulando-o. Era impressão minha ou ele piscava mais os olhos, como a mãe? Estavam os dois a piscar muito os olhos. A mãe distribuía os sumos e os bolos, demorava-se, cantarolava, dizia uma piada ou duas que nós não percebíamos, dirigia ao filho um comentário sobre a necessidade de se alimentar que não o distinguia de nós, ele que tinha um metro e noventa e pesava cem quilos. Depois, sempre a falar, ia-se aproximando da porta, lançava um olhar aterrorizado à Bola do Caos, a bola da plasticina de várias cores que estava em exposição permanente, e ia-se embora.

Após a saída da mãe, o professor aproximava-se da mesa onde jazia o livro que tinha fechado. Abria o livro em cujas páginas o ciclo de Krebs gritava por nós, reclamava ser estudado e compreendido a fundo, e dizia, mais para si do que para nós:

– Onde ia eu? Ah, já sei...

Às vezes entusiasmava-se com o tema, ficava agitado, e isso reflectia-se nos saltinhos que dava, apesar da sua corpulência mole e pesada, e fazia gestos frenéticos. Se precisava de exemplificar com gestos a coisa que estava a descrever, afastava muito os braços do corpo, alcançando uma envergadura de gigante. Erguia para o alto, teatralmente, as suas mãos abertas e enormes como pás, que quase tocavam o tecto da sala. Ficávamos a olhar, pasmados, para aquele prodígio, espécie de número de circo que nos fazia ter inveja da sua estatura. Inflamado, o professor parecia estar a atingir o cume de uma emoção religiosa, como o orador de uma congregação inspirado pelo próprio Deus, de quem é o canal de comunicação para os fiéis que o escutam assombrados.

O professor exaltava-se. Sozinho, ganhava embalagem e um entusiasmo febril, beneficiando da plateia passiva e silenciosa que parecia encorajá-lo, a quem ele dirigia de vez em quando perguntas que não se destinavam a ser respondidas e que lhe davam o estímulo necessário para avançar. Havia momentos em que elevava muito a voz, como se estivesse diante de uma vasta audiência, e não num quarto acanhado diante de cinco adolescentes. Exaltava-se e cansava-se. Sentava então o seu vasto corpo numa cadeira ridiculamente pequena para o seu tamanho e que rangia perigosamente, fazendo-nos pensar que se ia estatelar no chão. Mas não se calava. Numa voz diferente, cava, como que vinda de um túmulo fechado há milénios, continuava a instruir-nos sobre coisas interessantes mas que não iam sair no exame.

Comecei a ver nele, e até hoje vejo, o que eu não queria ser: dependente da mãe, incompetente para a vida, essa vida social e comum que disputa os filhos às mães. Enquanto o ouvia, não conseguia deixar de pensar na mãe dele, aquela velhinha insistente que tinha o condão de o deixar apalermado, sobretudo se estivesse na mesma sala. Uma vez, quando saíamos em direcção à porta da rua, a mãe do professor veio ao nosso encontro, como anfitriã que devesse ainda cumprimentar-nos ou dar-se a cumprimentar, e, depois de se despedir de nós, disse simpaticamente:

– Sabem que nome chamavam ao Necas quando ele tinha a vossa idade e espantava todos os professores? O Cabecinha de Ouro. E quem diria que ele um dia viria a ser um professor? Anda cá, anda cá, que tens a gola da camisa fora do sítio.

E ele, obediente como uma criancinha, aproximou-se, com um ar de grande expectativa, a boca semiaberta, os olhos fitos nas mãos enrugadas da mãe, seguiu com os olhos essas mãos que foram ajeitar a gola da sua camisa.

O trimestre avançava em direcção aos exames finais e o professor Emanuel continuava, supostamente, a preparar-nos. A cada sessão destas em sua casa notávamos que se cansava mais depressa e parecia mais fraco. Dir-se-ia que cometia uma violência contra si próprio. Finda a lição, que nada nos ensinara do que precisávamos para o exame, e o ciclo de Krebs, pretexto inicial de cada sessão, ficava sempre adiado para a seguinte, íamos, entre a sala e a porta da rua, escoltados pelo professor, ainda imbuídos das suas palavras, querendo acreditar que havia nele qualquer coisa de sobrenatural. E, como sempre, era aí, nesse percurso, que a mãe dele vinha ao nosso encontro para se despedir, e uma vez mais reconduzia o professor à sua condição de carne e osso de onde ele não lograva evadir-se, a não ser por um par de horas quando, diante de nós, divagava, explicador que não explicava o que era suposto. Um dia, tendo aparecido diante de nós, ela reparou que o professor tinha um pequeno corte no lábio inferior:

– Estás a sangrar do lábio, meu filho – apontou ela, pousando-lhe delicadamente a mão enrugada no queixo.

O professor tocou na ferida com dois dedos e disse, numa voz neutra:

– O sangramento não foi denunciado pela dor.

Ao ouvir isto, a mãe emitiu duas risadas agudas e triunfantes e exclamou:

– Oh, como ele fala! Estão a ver? Ouviram isto? Qualquer pessoa diria que não doía, por isso não reparou que sangrava. Mas o meu filho diz: o sangramento não foi denunciado pela dor. Ainda é o Cabecinha de Ouro. Ainda és o meu Cabecinha de Ouro. Toma lá um beijo. – E fê-lo baixar-se até à sua altura para lhe depositar um beijo na testa.

Antes que pudesse ser confrontado pelos pais dos explicandos com o facto de continuarmos a saber tanto como no início sobre o ciclo de Krebs, as suas moléculas e os seus ácidos, embora porventura mais esclarecidos sobre outros assuntos, o professor Emanuel sucumbiu a mais um esgotamento, como algumas pessoas lhe continuavam a chamar, embora outras preferissem dizer ataque, acesso, crise. Fui um dos primeiros a chegar nesse dia e encontrei já dois colegas a beber limonadas e a comer biscoitos servidos pela mãe do professor. Ela estava semideitada num sofá, como que à beira de um desmaio. O médico de família estava lá dentro, no quarto do professor, à sua cabeceira. Nós trincávamos os biscoitos e ouvíamos a velha lamentar-se sozinha:

– Para o que lhe havia de dar... Diz que descobriu planos para o raptarem e manterem em cativeiro, isolado do exterior. E que tem tudo a ver com os nossos políticos. Não pode ser... Isto não pode ser...

Nesse dia não houve lição, nem tornou a haver. No dia seguinte já toda a gente sabia o que se passara durante essa noite. Circulava a história de que o professor Emanuel tivera um acesso de loucura furiosa. De quem partira o boato segundo o qual ele ameaçara a mãe com uma faca? Do velho médico de família que fora novamente chamado à pressa? Dos maqueiros da ambulância que o médico, por sua vez, chamara de emergência? De algum vizinho que fora espreitar o aparato à porta da casa do professor e da sua mãe? Da própria mãe? Reunidos vários testemunhos, dizia-se que a mãe acordara a meio da noite, no seu quarto, por sentir uma presença, e vira o filho especado à sua frente, a olhar fixamente para ela, com uma faca na mão. Perguntou-lhe o que estava ali a fazer e ele não respondeu. A mãe reparou que a faca estava ensanguentada. Uma das mãos dele estava entrapada, o trapo estava ensopado em sangue. O que pensou a mãe? Que o filho ia atacá-la? A atitude dele era ameaçadora? Não se sabia. Descobriu-se que ele decepara a própria mão esquerda com a faca, com precisão cirúrgica. Lembrei-me do que ele nos dissera sobre o alpinista que, isolado na montanha, amputara o próprio braço preso sob uma pedra. Talvez colocasse naquela mão tudo o que lhe doía, tudo o que o torturava, e simplesmente cortara-a. Sacrificara uma parte para salvar o todo, como nos explicara premonitoriamente.

Que pena o seu cérebro audacioso e o seu corpo de gigante terem sido sabotados por uma fragilidade misteriosa, como um edifício monumental e dispendioso que acaba por ruir, verificando-se que os seus alicerces eram fracos. A doença privara-o de uma carreira brilhante, primeiro, e da autonomia e da sobrevivência psicológica, depois. Mas seria mesmo doença? Não será esta palavra um rótulo conveniente que satisfaz as normas clínicas e jurídicas? Não teria sido a lei vigente, a lei do Pai, que o declarava doente para o amestrar e controlar, e isso – a lei – era o instrumento masculino com que se tentava desfazer o par Mãe-
-filho, sempre anterior às normas da sociabilidade alargada? Causava vertigens, mas era inevitável associar as suas proezas e a sua loucura àquela senhora com os olhos piscos e muito pintados, impulsiva e dominadora, que era a mãe dele.

Encontrámos a mãe na pastelaria onde costumava tomar o seu chá com torradas, hábito de décadas. Ali fora, há muito tempo, tomar o chá com torradas acompanhada pelo marido. Depois da morte deste, frequentara a mesma pastelaria com o filho pequeno, depois com o filho adolescente, depois com o filho já adulto. Agora víamo-la sozinha. Para quem não estivesse atento parecia a mesma de sempre, faladora e distraída. Mas estava mais frouxa de ideias, a cara parecia mais enrugada, piscava mais os olhos, o louro do cabelo estava mais embaciado. Quando a vi, por duas vezes lhe caiu das mãos trémulas a torrada e sacudiu com atrapalhação nervosa as migalhas do seu peito, e das duas vezes disse para quem estava mais perto e a podia ouvir:

– Olha, já estou toda suja.

Acentuara-se nela o tique do filho: repuxava repetidamente os lábios formando um bico. Hoje, pensando nisso, não me surpreende que tivessem ambos o mesmo tique facial, com os lábios arrepanhados para trás e esticados para a frente.

O professor voltou para casa, mas não para a escola. Acabaram-se as aulas e também as lições particulares. Já não tinha saúde, dizia-se. Passados poucos anos, a mãe morreu. Ele vivia de uma pensão de invalidez. Podia ser visto de café em café, envelhecido e maneta. Uma vez cheguei a ver o seu lenço sobre a mesa, o famoso lenço retirado do bolso traseiro das calças e que fazia aquele horripilante e pouco recomendável percurso em torno do rosto e do pescoço do dono – um rosto mais crispado do que nunca, um pescoço com mais refegos transbordando sobre a gola da camisa, mais suja desde que lhe faltava a mão da mãe. Fazia sentar o seu corpo imenso e desajeitado e punha-se a murmurar palavras para si mesmo ou redigia em cadernos, com uma caligrafia densa e caprichosa, aquilo que eu adivinho serem os signos de várias ciências exactas e inexactas.

12
Dois irmãos

Eu e a Irene estávamos cada vez mais próximos. Oriundos de esferas reservadas de relação, eu com a minha mãe, a Irene com o meu pai, viemos a encontrar-nos de uma maneira que parecia total, querendo acreditar que estávamos a isso destinados. A ideia de destino ajuda a conformarmo-nos com as coisas negativas, mitigando-as, e valoriza as coisas positivas, reforçando-as. Eu e a Irene chegámos a julgar-nos cheios de sorte por nos termos encontrado, não por ruptura com a família de origem mas por confirmação desta, habitantes da mesma casa desde sempre, filhos do mesmo pai e da mesma mãe.

A intimidade que se estabeleceu entre mim e a Irene, se não me deixava inteiramente sozinho para prosseguir pelos meus próprios meios, dava-me uma noção mais realista do que seria capaz de fazer. Entre nós havia uma harmonia tão íntima e tão forte que nada nem ninguém podia pôr em causa, e no interior dessa harmonia imperturbável crescemos, amadurecemos. Éramos por vezes separados um do outro por acontecimentos exteriores, independentes da nossa vontade, solicitações de ordem escolar ou profissional, mas na primeira oportunidade regressávamos à nossa vida dual. Éramos espontâneos e directos um com o outro e, ao contrário do que costuma suceder entre irmãos, não procurávamos fora de casa outras amizades ou relações. Não procurávamos porque não precisávamos. Mais do que uma vez a Irene me perguntou:

— Achas-me feia?

Fazia-me esta pergunta de chofre e aguardava ansiosamente a minha resposta, embora eu pressentisse que ela lá devia ter ideias muito suas e a minha opinião não seria assim tão importante. A sua inquietação tinha a ver com ela própria, não ia desaparecer com as minhas respostas banais, sinceras ou insinceras, era a ela própria que tinha de prestar contas, dar satisfações, alcançar um acordo. Mas insistia:

— Achas que eu sou feia?

— Claro que não! Se tu és feia, então quem é que pode ser bonito neste mundo?

Mas já mal me escutava. Já tinha outra pergunta pronta:

— Achas que em todos os sítios onde estou eu sou a mais feia?

— O quê? Não percebi.

Ela disse, numa voz neutra:

— Achas que nos sítios onde eu estou, em todos os sítios, onde quer que me vejas, eu sou a mais feia que ali está?

— Claro que não! — exclamei, mas começando a sentir-me inquieto. — Nunca te achei feia, feia é uma palavra que não se pode aplicar a ti, quanto mais a *mais* feia... Porque é que queres saber isso?

— Eu sinto-me feia... — respondeu, mas num tom desafiante, nada triste ou desolado.

Precisava de mim para estas interrogações, como se eu fosse mais um dos seus muitos espelhos que ela, vaidosa, e sabendo-se bonita, constantemente interrogava. Na continuidade disto, uma vez perguntou-me:

— Quando pensas em mim pensas no meu nome?

— O quê?

A Vida Verdadeira

– Quando pensas em mim pensas no meu nome: Irene?
– Claro. E tu? Quando pensas em mim pensas no meu nome?
– Às vezes penso só em V.
– V? O meu nome reduzido a uma letra... Isso é uma desconsideração.
– Não, não é... O que eu quero saber é: quando alguém pensa em nós, pensa em nós como um corpo ou como um nome? Por exemplo, quando pensas em mim, visualizas o meu nome ou eu não tenho nome? Sou uma imagem sem nome?
– Não... eu penso em ti através do teu nome. Penso no teu nome e... logo, penso em ti.
– Quando pensas em mim – retomou ela –, eu sou um nome nos teus pensamentos ou um vulto, uma imagem? Pensas *a Irene* ou pensas em mim não com um nome? É que o nome capta a essência da coisa, torna-a individual e única. As palavras fazem isso. Quando pensamos em pai ou em mãe, não pensamos nos nomes deles, embora tenham nomes próprios. As palavras *pai* e *mãe* é que agregam a essência de ser pai ou mãe. E eu queria saber... quem sou eu, o que sou eu, nas imagens de mim que as palavras transportam e te dizem. Que imagens de mim é que as palavras te evocam, quando as pensas?

Eu estava a ficar com vertigens.

– Penso em Irene. Digo: Irene...
– E quando pensas *Irene* evocas a palavra ou a pessoa? Porque não é a mesma coisa! Às vezes temos pensamentos tão fugazes sobre as pessoas que não chegamos a nomeá-las. Mas eu queria saber que pensamentos, fugazes ou não, tens sobre mim que não precisam do meu nome, porque esses pensamentos e essas imagens, livres do meu nome, têm outras palavras, e eu queria saber que palavras são essas, e o que é que elas transportam de mim. Porque o nome de uma pessoa pode abafá-las. – E punha um ar trágico, ou amuado, como se esbarrasse com coisas impossíveis.

Nunca tive namoradas; o mesmo se diga da Irene. Colocou-se uma ou outra rapariga no meu caminho, alguém que me dedicava uma atenção especial, um afecto diferente do habitual. Um *flirt* pode ser uma coisa muito subtil. Podemos ser captados sem nos apercebermos, ou facilitar até um certo ponto só por curiosidade. Isso aconteceu-me algumas vezes, num misto de passividade e actividade, com colegas dos anos mais avançados do liceu. Geralmente, a Irene protegia-me só pela sua presença. Como estávamos sempre juntos, a nossa paridade rechaçava qualquer aproximação estranha. Aquelas raparigas que entenderam isto de maneira diferente e cultivaram uma relação mais próxima connosco, particularmente comigo, julgaram possível construir uma intimidade maior, conquistar-me à Irene ou à minha família. Enganaram-se. Eu detectava imediatamente os começos e os avanços desse jogo de sedução, e ou o cortava pela raiz, deixando de cumprir as expectativas em mim investidas, ou deixava a coisa desenrolar-se um pouco mais, de modo vago, só à espera da reacção da Irene.

Eu esperava sempre a apreciação que ela fizesse da rapariga sedutora, nossa amiga ou colega que se aproximasse demasiado. O juízo crítico da Irene era definitivo. E ela tinha sempre qualquer coisa de negativo a destacar na candidata que se perfilara no meu horizonte. A minha relutância sentimental e o elevado grau de exigência crítica da Irene iam de mãos dadas, tal como tantos aspectos meus e dela evoluíam de mãos dadas. Invariavelmente, as candidatas não satisfaziam a Irene, minha conselheira infalível e perspicaz, companheira profética e insubstituível. Irene e eu, depois de afastada a desafiadora dos meus afectos, incorporávamo-la no nosso repertório de caricaturas, na nossa colecção privada de figurantes distorcidos por um traço de carácter ou um pormenor físico – precisamente o traço ou pormenor posto em destaque pela Irene para a ridicularizar. Ainda acabávamos sempre por rir de tudo aquilo. É verdade que a Irene nem sempre era justa. Há sempre alguma desonestidade intelectual no modo como se ridiculariza alguém até à aniquilação. Mas as boas gargalhadas que nós dávamos por conta disso!

Embora bonita e atraente, a Irene não proporcionava a nenhum homem ocasião de cultivar esperanças em relação a ela. Altiva, com um humor cáustico que desarmava qualquer um, ela mantinha uma aparência inacessível. Inteligente e autocontrolada, parecia saber mais do que os outros, estar sempre um passo à frente, criando nos que se julgavam seus pares a impressão de que não tinham nada para lhe dar, que não podiam surpreendê-la ou influenciá-la fosse de que maneira fosse. No entanto, houve um que se revelou mais tenaz do que os outros. A posição que ele veio a ocupar resultou, em parte, das concessões que a Irene resolveu dar-lhe. Creio que ela precisava de fazer também alguma experimentação a este respeito, pôr-se à prova neste campo.

O namoro tomou dimensões sérias. Lembro-me bem do namorado, do seu ar convencido, muito cheio de si. Odiava-o porque afastava a Irene de mim. Cheguei a assustar-me, sem saber onde acabava a brincadeira experimental e começava algo mais grave, com consequências. Afinal, não é assim que começam tantas coisas graves na vida? A Irene passou a estar menos tempo comigo. De um dia para o outro, o nosso mútuo entendimento passou a ser um protocolo embaraçoso, dificilmente negociado, secundarizado, como se o encantamento se tivesse quebrado e dado lugar ao atrito das palavras azedas, irónicas ou indiferentes, as palavras e os gestos usuais entre as pessoas mas que nunca se tinham visto nem ouvido entre mim e a Irene.

Quando os via afastados, a passearem pela quinta, apetecia-me ir espiá-los e segui-los a uma distância regular. As suas conversas não eram audíveis. Eu estava muito interessado nas palavras dele, nas suas juras de sedutor. Só conseguia ver que a Irene pouco falava, para estimular a loquacidade ardente do rapaz e se permitir decidir se ele estava ou não a conseguir agradar-lhe. Quando eu voltava a estar sozinho com a Irene, fazia comentários jocosos sobre o seu namorado e encorajava-me ver que ela, geralmente, sorria, traindo a sua cumplicidade comigo. Dir-se-ia que entendia as minhas reacções e, até certo ponto, as aprovava. A sua posição era dúbia: se aceitava a sedução do forasteiro, também a controlava através de mim. Delegava em mim a tarefa de o ridicularizar e, desta forma, lembrava a si mesma que não deveria entregar-se-lhe demasiadamente. Ela estava com ele e passeava com ele, mas também estava comigo, a uma distância regular de si mesma, observando-se de fora. Eu só tinha de colaborar com essa sua metade aliada e resgatar a outra metade que andava a fazer tentativas de separação, fora de casa, fora da família, essa metade que ameaçava tornar-se-nos estranha, irreconhecível. Não, não ia perder a Irene, vê-la perder-se sem nada fazer. Ia salvá-la, trazê-la de volta, completa e restaurada.

    Manteve-se assim dividida por mais algum tempo. Nunca perdi a esperança de a recuperar. Os nossos pais não valorizavam o namoro, embora também não o desvalorizassem abertamente. Por fim, a Irene, ou a metade namoradeira dela, desistiu. Deixou de trazer o rapaz para aqui e passou a esquivar-se aos seus contactos. Recuperei a metade transviada da minha irmã, completei a minha irmã na sua integridade singular, e ela recuperou o seu lugar como se nunca o tivesse posto em causa. E de facto nunca o pôs em causa.

13
Declínio do tio Horácio

Depois de muitos anos de distanciamento, vim a ter contactos mais próximos com o tio Horácio. Já tinham passado vinte anos sobre aquele período em que vivera em nossa casa e me escoltara até à escola para intimidar o meu colega. Agora, septuagenário, acentuara-se-lhe no rosto uma expressão risonha e satírica, em que até o olho de vidro parecia participar. Não deixou, como sempre, de ser altaneiro com os homens e de seguir maliciosamente qualquer saia que passasse no seu raio de visão. Continuava a ter desavenças frequentes com a mulher e saía de casa para ir viver em hotéis. Cultivava contactos e amizades com jovens que podiam ser suas netas, a quem pagava almoços, oferecia prendas e dava dinheiro. O seu estilo brejeiro surpreendia as mulheres, que nele queriam apenas ver um velho divertido. Um dia disse-me que não se importava que elas o aturassem só por causa do dinheiro. Não se importava sequer que troçassem dele nas suas costas, desde que aceitassem passear e gastar um par de horas num café. Chegou a contar-me, às gargalhadas, que levara de táxi uma dessas suas amigas de vinte anos a um bairro degradado da cidade e que, depois de ela sair do táxi, e no momento em que este arrancava, ouviu alguém dizer-lhe: Então, foste outra vez com o velho? Eu sabia que este era um jogo perigoso. Mas o tio

Horácio garantia-me sempre ser mais esperto do que os espertos, mais manhoso do que os manhosos, mais avisado do que os que julgavam poder enganá-lo. E, de facto, nunca me pareceu estar a ser manipulado, mas a manipular. Mesmo quando pôs um seguro de vida seu em nome de uma dessas jovens. O seu lema era: o dinheiro é meu e faço com ele o que quiser.

Havia já algum tempo que não o via quando me telefonou. Estava, naquele preciso instante, deitado na cama de um hospital, internado. Ia ser operado a duas hérnias discais, ao nível da cerviz, e pedia a minha presença à sua cabeceira, no horário de visitas, por causa de uns assuntos. Nem perguntei que assuntos eram e acorri ao hospital no mesmo dia. Fui encontrá-lo deitado, de olhos fechados, a dormitar, com o pescoço imobilizado e as mãos inchadas. Impressionou-me vê-lo tão alquebrado e frágil. Por momentos convenci-me de que ele nunca mais iria recuperar o vigor que lhe conhecia. Os cabelos brancos estavam revoltos, dando-lhe um ar ainda mais decadente. No entanto, esta impressão foi desmentida pelo habitual sorriso malicioso e autoconfiante que lhe iluminou a face enrugada quando abriu os olhos daquele sono leve e me reconheceu.

– Preciso de ti aqui – disse-me – porque, como vês, isto apanhou-me as mãos e não posso escrever.

Na mesinha de cabeceira já tinha um bloco de notas e uma caneta, que me indicou, e instruiu-me para apontar uma série de queixas que tinha a fazer dos médicos, dos enfermeiros e dos auxiliares que o tratavam e que tencionava, quando tivesse alta, apresentar ao director do hospital. Este plano pareceu-me altamente duvidoso. As razões das suas queixas estavam misturadas com exigências insensatas, capazes de levar ao desespero aqueles que tinham de lidar com ele. Um enfermeiro, que no fim da visita veio falar comigo, provou-me isso mesmo ao contar-me que o meu tio não queria aceitar os constrangimentos de qualquer doente internado, exigia um tratamento de excepção e as coisas à sua maneira. Chegava a ser violento verbalmente quando contrariado. Ele queria-me à cabeceira da sua cama e eu não tinha desculpa para lho negar, mesmo que fosse para escrevinhar aquele rol de factos corriqueiros e mesquinhos do seu dia-a-dia de doente convicto de ser vítima de negligência. Ele ditava e eu escrevia no bloco de notas. Repetia-se, esquecia o que já tinha referido, e não me era fácil pôr ordem nas suas ideias sinuosas, tantas vezes incoerentes. Felizmente, mais tarde, guardou estes apontamentos, esqueceu-se da sua própria intenção de fazer o relatório ao director do hospital, porque a verdadeira razão para me querer ali, ao seu lado, era outra, e revelou-se logo no segundo dia. Contou-me então que tinha uma relação sentimental com uma senhora, divorciada, de cinquenta e poucos anos, ou seja, vinte e cinco anos mais nova do que ele: era um *flirt*, uma companhia, uma sedução à moda antiga. Mas (e aqui residia o ponto) sem acto sexual. Uma operação à próstata, sete anos antes, deixara-o sem erecção. Disse-me que já se tinha conformado com o facto, mas agora, ao aprofundar os laços com esta senhora, sentia terrivelmente a falta de uma erecção para consumar o acto sexual. Não o poder fazer era como estar morto, e disse-me várias vezes: Eu não estou morto. Para a companheira isso não era importante; só queria a sua amizade.

– Ela só quer passear comigo, tomar um café, almoçar ou jantar de vez em quando. Mas isso não me basta. Amigas tenho eu muitas! Até há uma que vive em Paris, quando me telefona ficamos mais de uma hora a conversar... Não é de amizade que preciso, é da outra coisa, percebes? Eu não estou morto.

Insistia junto da amiga, mas ela continuava a recusar-se. Obteve uma receita de um medicamento para a impotência sexual e ela escondeu-a, antes que ele fosse à farmácia, por recear os efeitos secundários sobre a condição cardíaca do meu tio (também já submetido a uma operação ao coração). Estavam nisto quando, de repente, o tio Horácio teve de ser internado por causa das hérnias discais.

– Sinto-me triste – disse o meu tio, com o mesmo ar risonho, e eu estremeci ao perceber que a tristeza e o abatimento podiam habitar dentro dele, mesmo por detrás da sua aparência alegre, porque ele era alegre por natureza e agora dava-me a descobrir uma alegria triste. E mais estremeci quando ele acrescentou: – Quero sair desta cama para poder voltar a dançar com a minha amiga. Costumamos dançar quando saímos. Com a minha mulher nunca dancei. Quero levantar-me desta cama para convencer a minha amiga a praticarmos o acto sexual. Se ficar tetraplégico, mato-me. Esta operação é delicada. Se eu não voltar a andar, mato-me.

Estava obcecado com a amiga. Tinha esperança de a convencer. Só iria desistir se ela continuasse a negar o que ele lhe pedia – ou exigia. Mas até quando esperaria ele ainda? Estava impaciente por sair daquela imobilidade, e do hospital, para continuar a seduzir a amiga até à desejada união sexual.

– E é por isso, meu querido sobrinho, que te chamei aqui. Quero ouvir a tua opinião. Como é que eu vou conseguir convencê-la? Dá-me o teu conselho, Vergílio. O que é que eu tenho de fazer para conseguir que ela ceda?

Fiquei por momentos bloqueado pela surpresa. Era a mim que, em adolescente, vivia deslumbrado com a aura de masculinidade e de homem vivido do tio, era justamente a mim que ele, agora, falava de igual para igual e pedia conselhos de natureza sexual. Tentei escapar recorrendo a palavras dúbias, mas ele teimou em obter um conselho, uma directiva, um incitamento claro e objectivo, no sentido de dar a volta à relutante e, a meu ver, sensata amiga. Falei, então, em nome do senso comum e recordei-lhe que devia pensar nos riscos de tomar o medicamento que lhe devolvesse a erecção, perigoso para um doente cardíaco. E, para mais, não tendo do seu lado a anuência dela, para quê insistir, correndo até o risco de a ofender, se podiam ter a companhia um do outro, usufruir da experiência de vida...

– Além disso – disse eu, pensando numa frase que soasse eficaz –, o sexo é a parte mais grosseira do amor.

O meu tio, que até aí me ouvira com toda atenção, como se nas minhas palavras, quaisquer que elas fossem, estivesse toda a sabedoria e a direcção que ele deveria tomar, exclamou:

– É isso mesmo! Nunca tinha pensado nisso. O sexo é a parte mais grosseira do amor. E eu quero ser fino, não quero ser grosso, portanto é isso mesmo o que eu lhe vou dizer.

Havia nele um ímpeto, uma força teimosa num corpo arruinado, presente até na zombaria que mantinha os seus olhos brilhantes, força que se manifestava enfim no impulso para o acto sexual que talvez até já nem fosse dele mas da espécie, para que a vida se perpetuasse. A sua insistência em recuperar a erecção, contra tudo o que era sensato, poderia chocar algumas pessoas que achariam aquilo um desejo lúbrico, doentio. Eu não partilhava essa opinião. Eu admirava-o, porque nessa pulsão sexual persistente, habitando um corpo envelhecido e debilitado, eu via o sustentáculo da própria vida. O tio Horácio pertencia àquela espécie de portugueses que, ao longo de séculos, colaboraram nessa extraordinária empresa sexual e reprodutiva que foi o Império ultramarino. Para conquistar territórios e subjugar povos, não se usaram apenas as armas mas também a fecundação carnal. De outra forma, como poderia um país com pouca gente ser bem-sucedido na sua expansão? Os vice-reis da Índia exortavam à prática da miscigenação. E os homens portugueses, alegremente, obedeciam. Mas o tempo do meu tio tinha passado, tal como as aventuras ultramarinas portuguesas. Eu via-o imobilizado na cama do hospital e pensava: já não tem um sertão no Brasil para colonizar com uma vasta prole, uma ilha no Atlântico, uma costa de África, já não deixará descendência nos portos do Índico.

Só depois de considerações muito gerais é que me lembrei da minha tia, essa companheira de toda a vida, que ele novamente abandonava para, mais tarde, ser por ela perdoado outra vez. Recordei-lhe as compensações da fidelidade, os méritos inestimáveis da tia, as vantagens da ternura tranquila que sucede à instabilidade juvenil da paixão, ao mesmo tempo que pensava: que sei eu destas coisas, que sei eu da vida deste homem, quem sou eu para dar conselhos destes, para alterar alguma coisa na vida de alguém? No entanto, ele demandava respostas, conselhos, sugestões, e eu tinha de dizer alguma coisa. Rebateu o que eu disse a favor da tia, contrapôs a cada qualidade dela um defeito, mas de um modo que não me pareceu muito convincente. Incapaz de reconhecer o seu lado anticonformista, que o levava a sair de casa em busca do prazer e da aventura, e a regressar novamente a uma esposa paciente e amargurada, racionalizava as suas atitudes com argumentos quase pueris. Deu o exemplo de um casal seu amigo que também se separara por causa de diferenças inconciliáveis, que estavam relacionadas, segundo ele, com os electrodomésticos.

– Como é que aquele casamento podia resultar se eles não tinham electrodomésticos? – interrogava-se e interrogava-me.

Eu não estava a compreender o seu ponto de vista. Achou por bem explicar-me melhor:

– Eles não podiam ser felizes, porque não tinham todos os electrodomésticos em casa. Faltavam-lhes muitas coisas, percebes?

– O tio acha que foi por isso que o casamento deles não resultou?

– Tenho a certeza.

– A explicação deve ser mais complicada do que isso – arrisquei.

– Não, não é. Não vale a pena complicar o que é simples. A vida de um casal torna-se impossível se a casa não tem o conforto necessário, com os electrodomésticos comuns que compõem uma casa.

– Uma casa não é só composta pelos electrodomésticos.

– Uma parte importante é.

– E quando não havia electrodomésticos? – insisti. – Como é que os casamentos se aguentavam?

– Havia outras coisas equivalentes, Vergílio.

A operação às hérnias correu bem e, findo o período de recuperação, o tio regressou a casa. Sabia que ele saía à rua para ir ter com a amiga. Imaginei-o a ter uma conversa com ela para lhe dizer que renunciava ao coito sexual e a pronunciar aquela frase tola com que eu, bem-intencionado, tentara resumir tudo: o sexo como a parte grosseira do amor. No entanto, assim que estive com ele, na primeira ocasião após a alta do hospital, disse-me, com a malícia a bailar-lhe no rosto sorridente:

– Ainda não está resolvido aquele assunto, Vergílio.

– Porquê?

– Porque ainda não consegui convencê-la. Está difícil!

– Convencê-la exactamente... a quê? – perguntei, pressentindo a sua resposta.

– Ora, o que é que há-de ser? A praticarmos o coito. Está tudo na mesma. Está difícil!

O meu conselho, ao qual dera dignidade de verdade absoluta, tinha caído em saco roto. Assim que passara a influência superficial que ele próprio decidira dar às minhas palavras, voltara à sua intenção inicial. Não sabia já o que dizer. Preferia ouvi-lo. De qualquer maneira, ele faria sempre as coisas à sua maneira.

– Eu contei-lhe aquilo que me disseste... como é que é?... de o sexo ser a parte mais grosseira do amor.

– O tio disse-lhe que fui eu quem lhe disse isso?

– Sim, claro, e ela disse-me que eu devia falar mais vezes contigo e dar-te ouvidos – respondeu, com um ar irónico, que devia ser dirigido a mim, à amiga e, quem sabe, a ele próprio.

Durante meses, aquilo continuou na mesma, o jogo do gato e do rato entre o tio Horácio e a sua amiga. Ia acumulando ressentimentos, começava até a planear separar-se dela definitivamente. Mas tudo poderia ainda salvar-se, dizia o meu tio, se ela consentisse, se ela cedesse, porque, bem vistas as coisas, ele não estava morto. Por fim, descobriu que a amiga mantinha contactos secretos com o ex-marido. Consentiria que ela falasse com ele, que se encontrassem para tratar de assuntos não resolvidos do divórcio, ou assuntos respeitantes aos filhos de ambos, mas não podia consentir que tivessem sexo, e ele tinha a certeza de que o tinham. Não sei como adquiriu o meu tio tal certeza, nem ele me soube explicar. Rompeu a relação, despediu-a da sua vida. Que iria fazer agora? Como se adivinhasse a minha pergunta, o tio Horácio disse-me:

– Agora vou procurar outra. Não faltam por aí mulheres.

Receei o pior. O espírito não aceitava as limitações do corpo. Aliás, o tio Horácio nunca aceitou constrangimentos de nenhum tipo, fossem eles físicos, sociais ou morais. Mesmo agora, o seu modo de andar era mais sacolejado e mecânico do que nunca, devido à perna artificial que substituía a outra, a verdadeira, que ficara em África. Mas isso não o inibia, não o levava a repousar mais. Ia aos mesmos sítios, procurava as pessoas, metia-se em problemas, com a diferença de que, agora, o corpo estava cansado, perdera a agilidade que lhe permitia compensar o comportamento autónomo e insensível da prótese, e era como se delegasse à mecânica inconsciente dessa perna a tarefa de conduzir o seu corpo e a sua pessoa. A perna falsa mandava já mais do que a cabeça, porque a cabeça deixara de comandar. Desagradava-me a ideia de que o órgão decisor do corpo do tio Horácio fosse um artefacto plástico com forma de perna, encaixado no coto mínimo que o ferimento de guerra lhe deixara.

O que aconteceu, entretanto, foi que o meu tio foi declinando numa demência senil. Nas esplanadas perto de casa fazia gastos excessivos, era rodeado por oportunistas. A minha tia, sabendo a estima que ele me tinha, telefonou-me a dizer que ele estava cada vez mais descontrolado. Tinha comportamentos exuberantes e inconvenientes nas esplanadas. Desmemoriado e teimoso, insistia em que ela era apenas a sua criada, trazida de África, esquecido de que fora a única que o amara constantemente. Encontrei-o na rua, com a camisa fora das calças, o cinto aberto, sem se dar conta. Falou amavelmente comigo. Por vezes ainda vinha à superfície do seu rosto aquela expressão chocarreira tão sua. Mexia muito numas folhas onde fazia cálculos para ganhar o totoloto. Ainda não desistira, nunca desistiria, de ser rico por um golpe de sorte no jogo, porque uma cigana lera a sua sina muitos anos antes e lho profetizara. Perguntou-me mais de uma vez quem eu era. Levei-o para casa. Pensei então muito na sua decadência, antecâmara da morte. Era o tio Horácio a caminho de ser uma lenda. Os imperadores romanos, quando morriam, iam integrar o panteão dos deuses. Conta-se que um deles, ao cair mortalmente doente no leito, exclamou: Ai de mim, parece que me estou a converter em deus. O tio Horácio, se estivesse mais lúcido, se partilhasse os meus pensamentos, poderia dizer: Parece que me estou a converter em lenda. Para nós ficará, terá de ficar, a recordação das coisas que fez, da pessoa que era, o bom e o mau. Ainda hoje, quando penso nele, vejo-o sempre num equilíbrio arrojado sobre uma perna verdadeira e uma perna de plástico, a triunfar escarninhamente sobre os outros homens e a cortejar as mulheres. Examinava uns e outros com o seu olho verdadeiro e o seu olho de vidro, e tirava partido do facto de o interlocutor não distinguir o olho natural do artificial, conferindo-lhe a ele uma vantagem zombeteira.

14
Funeral

O último telefonema da minha tia anunciou-me a morte do tio Horácio. Fora repentina. Estavam os dois sentados no sofá, a conversar tranquilamente. Ele queixou-se de uma súbita dor no peito. Descaiu lentamente para o lado, sobre umas almofadas. A tia acudiu imediatamente, mas ele já estava morto. O homem que matou na guerra, que assistiu a mortes violentas, que pisou uma mina, que se preocupou um dia com o medo que eu tinha de um colega na escola e quis resolver a situação, morreu assim, no sofá da sua sala.

O meu pai convalescia de uma operação, assistido pela minha mãe, a Irene estava a fazer um estágio profissional em Estrasburgo. Fui sozinho ao funeral. Apanhei um comboio que me permitiria chegar a tempo. Talvez sugestionado pela morte do tio Horácio, tudo naquele dia me pareceu fantasmagórico, e fantasmagóricas as pessoas que interpelei ou me interpelaram. Durante o percurso do comboio eu já tinha reparado nas manobras que um indivíduo, com aspecto de vagabundo, fazia para escapar à vigilância do revisor. Mais do que uma vez o vi esconder-se na casa de banho, entre duas carruagens, quando o revisor se aproximava. Adormeci. O vagabundo apareceu-me em sonhos. Via-o a esconder-se do revisor. Num sonho vi-me a mim próprio sentado no banco do comboio, a dormir, e o vagabundo a aproximar-se de mim, o seu rosto cada vez mais perto do meu, como se quisesse espreitar para dentro dos meus olhos fechados que sonhavam com ele. Acordei de repente. O comboio estava precisamente parado na estação em que eu deveria sair. Estava parado e prestes a arrancar. Quando me levantei de um pulo e agarrei na pasta que levava, o comboio estremeceu e pôs-se em movimento. Corri para a porta de saída mais próxima e abri-a. Olhei para o chão da plataforma da estação; a velocidade do comboio era cada vez maior. A hesitação em saltar piorava a minha situação a cada segundo que eu deixasse passar. Perto de mim, vindo não sei de onde, estava o vagabundo. Adivinhou a minha intenção, aproximou-se impulsivamente e gritou:

– Salta! Vai! Agora!

Olhei para ele, surpreendido. Dir-se-ia que acabara de sair do meu sonho e vinha ao meu encontro. Aproximou o seu rosto do meu, os olhos esgazeados e febris, o rosto tumefacto e com estigmas de alcoolismo crónico. Foi tudo muito rápido, mas eu ainda hesitava. Olhava para fora, para a plataforma que fugia cada vez mais depressa. Apertei a alça da minha pasta com mais força, com a mão esquerda enclavinhada nela, enquanto a mão direita me servia de apoio instável na porta que eu escancarara. Salto ou não? Tentava calcular o tempo do salto, o gesto, a velocidade crescente do comboio, a melhor forma de poisar na plataforma, e o vagabundo, mesmo em cima de mim, decidido a ajudar-me, ansioso por assistir a uma transgressão, só gritava, com a boca a espumar saliva:

– Salta! Salta agora!

Fosse porque me decidira, fosse por causa dos gritos do vagabundo, com o seu rosto convulsionado e repugnante, fosse ainda porque receasse que ele, no seu excesso de zelo, me empurrasse, saltei. Achei que deveria projectar-me na mesma direcção em que o comboio seguia, para diminuir a violência do atrito. Assim que os meus pés tocaram no chão, caí, tendo a sorte de a minha queda ser amortecida pela pasta, que me ficou debaixo do corpo. Ainda no chão, tive tempo de ver a sombra do vagabundo a fechar, com estrondo, a porta da carruagem.

Meio dorido da queda, e com a pasta amachucada, dirigi-me à capela do cemitério. Ao procurar a sala onde se fazia a câmara ardente reparei num grupo de cinco velhotes, todos com a bóina encarnada dos comandos. Não era difícil reconhecer neles antigos camaradas do tio Horácio. Lá dentro estava a viúva, sentada, com os olhos a fitarem o vazio, rodeada por pessoas amigas. As quatro filhas, minhas primas, estavam também ali. Cumprimentei-as, posto o que subsistiu o silêncio, só interrompido por curtas palavras murmuradas aqui e ali. Lá fora, aproximei-me dos veteranos, que formavam um grupo compacto, à parte. Acolheram-me com curiosidade quando lhes disse que era sobrinho do morto. Estavam a fazer comentários melancólicos:

– Mais um que se vai.
– Agora o Horácio.
– A este também não lhe fizeram justiça.
– Um braço e um olho...
– Somos cada vez menos.
– Aqui viremos todos parar.

Umas vezes junto dos veteranos, outras na câmara ardente, pairei por ali como um fantasma e nada daquilo me parecia real. Esperava a cada momento ver o tio Horácio, não deitado naquele caixão aberto, mas de pé, vivo, vindo ao meu encontro com o seu sorriso brejeiro, mesmo que dissesse as coisas incoerentes que ultimamente dizia. Estaria ali connosco, vivo como nós, a velar, contudo, o próprio cadáver, presente no próprio enterro. Este morto um dia, há muito tempo, quando era novo, rodeou-se de círios funerários e fez-se de morto, deitado na cama dos pais. Assustou a sua mãe e vincou um ponto de vista que defendera anteriormente: o de que preferia morrer antes dela, mesmo contrariando a lei natural da vida. Agora é que estava realmente morto. Pareceu-me ouvir a sua voz a confidenciar-me um plano para recuperar a erecção e convencer uma amiga a ter sexo com ele. Sobre isto eu não podia falar com a minha tia e as minhas primas. Sobre estas coisas não se pode falar com pessoas com quem fazemos cerimónia. E eu fazia cerimónia com a minha tia e as minhas primas. Também a tia não me surgia como era agora, mas sim a jovem que não aceitara ser deixada para trás, numa sanzala, com uma criança ao colo, e perseguira o homem que dissera amá-la e que depois a deixara sem o amor e sem um pai para a criança. Fora atrás dele e batera-lhe à porta quando ele menos esperava. E os veteranos, com as suas marcas físicas e mentais, se é que as tinham, também os via anacronicamente, envolvidos em ambições colonialistas que já eram obsoletas quando eles se uniram numa fraternidade de armas.

Num dos veteranos, a partir do diálogo que estavam a ter, identifiquei o Eduardo, o da bala nos dentes, o protagonista de um episódio de raiva e impulsividade, ainda assim com qualquer coisa de cómico, que o tio Horácio me contara. A partir do momento em que o reconheci, olhei com insistência para os seus dentes, com certeza uma dentadura postiça. Ali estava ele, barrigudo e afável, tantos anos depois, a falar comigo e com os outros, e mal podia acreditar que aquele homem correra uma vez, em África, atrás do inimigo, desdentado e furioso, depois de cuspir uma bala da boca, disposto a matar tudo o que lhe aparecesse à frente.

— A família não quis honras militares — disse um dos veteranos, olhando para a viúva.

Dali o corpo foi transportado dentro de um carro funerário para o talhão dos combatentes do Ultramar. Seguimo-lo, por entre alamedas de jazigos e sepulturas. Reagrupámo-nos já no talhão. Apareceu de repente o padre. Era muito idoso. Pensei imediatamente: tem mais de noventa anos. Olhou-nos a todos, em redor, com olhos cinzentos, húmidos, o rosto vermelhusco, os cabelos brancos e ralos sobrevoando uma testa vermelha. Estava sozinho, porque dele se esperava o grande consolo, dele se esperavam palavras decisivas e fortes. Todos nós, presentes no funeral, esperávamos algo de importante, algo de grandioso, vindo deste velhinho. Delegámos nele lutar contra a morte. Que nos oferecesse uma eloquência que fosse, no mínimo, tão grande como a morte. Porque fora a morte que nos reunira ali, junto a um caixão, e era a eloquência que nos mantinha suspensos e expectantes. E isso deixou o padre sozinho, enfrentando-nos e enfrentando a morte. Não sei se foi naquele instante ou só mais tarde que eu pensei: somos demasiado cobardes se obrigamos este velho a lutar sozinho contra a morte. Ele vacilou, não estava seguro sobre as próprias pernas, parecia rodar sobre si próprio fitando as pessoas que, de repente, formaram um círculo à sua volta, fizeram dele o centro de uma roda e o levaram a esta situação, ao lado do caixão, à frente da morte. Vendo-o tremer sobre as pernas fracas, duvidei da sua capacidade de encontrar um ponto firme aonde se apoiar se não nos apressássemos a socorrê-lo. Há que socorrer aquele de quem se espera socorro. Ou fingir que não percebemos a sua decrepitude física, a sua hesitação. Estava a falar? Sim, tinha começado a falar. Estava a dizer que o meu tio fora para um lugar melhor. Morrera para esta forma de existência, desencarnara, livrara-se da carne, mas continuava a existir num lugar melhor do que este. Por isso, dizia, não deveríamos estar tristes, a nossa tristeza era um erro, porque o tio Horácio era mais livre, não precisava do corpo para nada, não precisava de carros, de estradas, de casas, podia, segundo o padre, atravessar paredes e tectos. Era mais ou menos isto o que dizia.

E os que o ouviam, que o colocaram no centro de uma roda e lhe confiaram a função de discursar, num duelo verbal com a morte, fingiram-se consolados, fingiram entender e aceitar. Mas a viúva, no momento em que o padre se calou, e o consolo esperado não tinha chegado, ao perceber que a iam separar do caixão, que já não ia haver minutos, nem ritos, nem palavras para adiar essa separação, soltou um grito que deixou todos os presentes transidos; ou antes, um grito foi-lhe arrancado pelo momento, um grito que estivera até aí aprisionado na sua garganta, havia dois dias, alojado e escondido na sua garganta, e que lhe era agora arrancado pelo momento. Duas filhas, em resposta, instintivamente, gritaram também, um, dois gritos agudos, repentinos, brutais. A elas tinha o meu tio sempre regressado, umas vezes zangado, outras sedutor, ora amuado, ora arrependido. Tinham, a viúva e duas das filhas, as mãos postas sobre o caixão, e perceberam que, calando-se o padre, era chegado o momento de o caixão, com o meu tio lá dentro, lhes ser retirado. Uma máquina elevatória, vinda de cima das nossas cabeças, fixou o caixão com membros metálicos e levantou-o no ar. O caixão subiu, subiu, balançou no ar, todos estávamos espantados, a segui-lo com os olhos. Quase poderíamos entregar-nos a um sonho, a uma fantasia, que mantivesse o *suspense* de quem olha o caixão a levitar nos ares, ascendendo à vida etérea de que falava o padre, se não reparássemos num operário dentro de uma cabina, lá no alto, no topo do muro de betão, que manobrava o elevador e todos os seus mecanismos e apetrechos, e que enfiou o caixão dentro de um nicho aberto no paredão, entre outros nichos iguais. A máquina recolheu os seus braços e mãos, alguém viria depois selar o nicho, e as pessoas começaram a despedir-se da viúva e das filhas e a dispersar aos poucos.

Despedi-me, com modos graves, da tia e das minhas primas e trocámos promessas (nunca cumpridas) de futuros contactos.

15
As viagens

Com o seu carácter minucioso, a sua atenção inata para o detalhe, mas ao mesmo tempo capaz de olhar para o geral e construir sínteses, a Irene sempre foi o tipo de pessoa em quem eu confiaria cegamente para a construção de um *puzzle*, por maior número de peças que este tivesse, para a solução de charadas, adivinhas, enigmas, palavras cruzadas, problemas de lógica. Quando eu a via a resolver esse tipo de problemas em publicações especializadas, imaginava-a já a ganhar fama mundial e a ser procurada por inventores e fabricantes de jogos difíceis e intelectualmente desafiantes, para que colaborasse com eles e testasse os seus produtos. Tal a doença familiar da megalomania de que então padecíamos – sobretudo eu. Mas a Irene, contrariando as minhas expectativas, dedicava a essas actividades apenas um interesse secundário. Definiu-se no seu espírito a ideia de vir a ter uma profissão ligada às relações internacionais, e para aí orientou os seus estudos. Na universidade estivemos mais tempo separados, mas íamos conceder a nós próprios uma compensação final. Fruto de indecisão e preguiça, eu arrastei os estudos por mais anos do que os necessários, talvez por intuir que nunca iria enveredar pela área científica que escolhera. Irene, mais nova do que eu, mas muito mais regular nos estudos, tornou-se finalista do seu curso ao mesmo tempo que eu.

    Dávamo-nos tão bem que dizer isso até é pouco. A ligação entre nós, estabelecida numa base natural e complementar, não se devia a meras coincidências genéticas. Estava muito para além disso. Era um estado de crença sereno e seguro, uma empatia que nos surgia tão natural e espontânea como o próprio facto de estarmos vivos. Aqueles que não sabiam que éramos irmãos julgavam-nos namorados ou mesmo marido e mulher, visto que a barba que eu às vezes deixava crescer me dava um ar maduro, e o ar sereno e autoconfiante da Irene lhe dava porventura um ar de mulher casada que já tivesse passado pela experiência da maternidade. Divertia-nos assistir à credulidade confusa dessas pessoas que nos julgavam casados. Interpelavam-nos na base dessa impressão errada, essa era a primeira ideia que acudia ao espírito de quem lidava connosco e que, aparentemente, nenhum facto desmentia, até que eu ou a Irene empregávamos por acaso a palavra *irmã* ou *irmão*, ou por qualquer outro meio dávamos a saber que éramos irmãos, e então as pessoas apercebiam-se, com espanto e duradoura incredulidade, da ilusão em que tinham acreditado espontaneamente. Isto costumava divertir-nos.

    Passar por um casal era um engano inevitável, não só por estarmos aqui sozinhos, sem os nossos pais, mas também porque nessa altura concebemos viagens pelo mundo em que teríamos de passar por tal. Afinal, em toda a parte um quarto de hotel duplo é mais barato do que dois quartos simples. Viajar seria continuar a nossa proximidade fraternal, fazer mais coisas juntos. Terei sido alguma vez mais feliz do que quando eu e a Irene fomos a Veneza? Achará ela o mesmo? Torturo-me com o pensamento de que Veneza significa muito mais para mim do que para ela. Voltará ela um dia a Veneza com um namorado? Há agências de turismo que vendem a cidade como um destino romântico.

Saberá ela escapar a isso, em sinal de respeito à nossa memória de Veneza? Mas eu já não sei que memória guarda ela dessa nossa viagem; já não controlo isso, já não tenho acesso privilegiado aos pensamentos da Irene.

 Quando quisemos viajar, o primeiro lugar que nos ocorreu, simultaneamente, como por telepatia, como tantas vezes nos acontecia, foi Veneza. Para lá nos dirigimos como quem se aproxima de uma coisa que, de tão desejada, tem fortes probabilidades de decepcionar a expectativa criada. Apenas para virmos a descobrir que Veneza é mais onírica do que os nossos sonhos sobre ela. Esta cidade ultrapassa a nossa capacidade de a arrumar dentro de nós, e isso, que é o seu carácter atraente, é também a sua principal defesa por repulsa. O mapa da cidade, que comprámos na estação assim que descemos do comboio, indicou-nos que o hotel para onde íamos não ficava longe. Bastava caminhar um pouco ao longo do Canal Grande, diante da estação, atravessar a ponte Scalzi, cheia de vendedores de bugigangas, refazer o mesmo caminho mas do outro lado do canal, contornar uma igreja, e já estávamos na rua do nosso pequeno hotel. O canalzinho da rua estava fechado de modo estanque, esvaziado da sua água verde-escura. Passadiços improvisados ajudavam-nos a descobrir o nosso caminho. Do fundo do canal, atravancado de limos e madeira podre, vinha um odor desagradável. Olhei lá para baixo, enquanto avançava com malas mal equilibradas à beira do abismo, e vi uma ratazana correr entre o lixo depositado. Seriam verdadeiras as histórias que se contavam, e sempre se contaram – os ratos, a peste, a doença, o contágio, a morte? Mas não vi os cadáveres abandonados na rua, nem a carreta dos mortos que os vem recolher e empilhar. Ainda ignorantes da cidade, a nossa imaginação queria correr mais depressa do que ela. Era apenas um pequeno canal isolado para limpeza e uma inofensiva ratazana perdida. O hotel tinha escadas íngremes, estreitas como os corredores que nos levaram ao nosso quarto.

Aí nos deixámos ficar por um bocado, como se estivéssemos num sítio qualquer do mundo, como se não estivéssemos em Veneza.

Instruídos pelo guia de bolso, apanhámos o *vaporetto* que sobe e desce o Canal Grande. Era a meio da tarde e o Verão estava no seu auge, produzindo miragens e vontade de desmaiar. Íamos descobrir que o calor tórrido e Veneza, quando aliados, são uma mistura perigosa: dois venenos que, adicionados, duplicam o seu poder, como um filtro mágico. Embriagados pelas primeiras impressões da cidade, zonzos do calor, olhávamos quase sem ver. Mal reparámos quando passámos debaixo da ponte Rialto e da ponte da Accademia. Descemos diante do Palazzo Ducale, vislumbrámos a Ponte dos Suspiros que liga o Palazzo à cadeia. Não se pode negar: Veneza é medievalmente justa, estabelece uma passagem directa entre um palácio e uma prisão. O que mais nos seduziu não foi a Praça de São Marcos, nem a Basílica, nem as galerias, os museus, as igrejas; nem sequer as gôndolas lentas e negras como sarcófagos, os gondoleiros com camisas listadas, verdadeiros Carontes escondidos sob esta aparência de vendedores de gelados. Foi o labirinto gótico de certas zonas residenciais da cidade. Para aí nos conduziu a sabedoria inconsciente dos nossos passos. Afastámo-nos do bulício dos turistas, do sol e das câmaras fotográficas e perdemo-nos por ruas, ruelas, becos, vielas, pátios e pequeníssimos cais esquecidos. Janelas e portas fechadas. Os venezianos deviam estar a dormir na sombra das suas alcovas, a sonhar pela milionésima vez com a sua cidade impossível, essa cidade que desafia os seus habitantes que não conseguem sonhar uma cidade mais fantástica do que a real; ou então tinham abandonado Veneza aos turistas e aos comerciantes, ausentando-se enquanto os forasteiros a devassavam. A outra cidade, ruidosa, cheia de gente, luzes, música e vida cosmopolita, nada tinha a ver com esta, silenciosa, deserta, secreta, com as suas janelas e portas de ferro com grades rendilhadas, fechadas como as pálpebras de um morto. Os meandros labirínticos onde nos perdíamos, por onde recuávamos sem reconhecer o caminho de volta, tornando a reencontrar-nos e a perder-nos, parecia adentrar-se numa espiral enlouquecida à procura de um centro intangível, para onde as paredes de pedra antiga e silenciosa nos empurrassem, em direcção a um âmago que estava tanto fora como dentro de nós. A cidade engolira-nos no seu labirinto medieval, mas, como tínhamos formado um mapa mental provisório das ruas e vielas, a cidade estava também dentro de nós, e o labirinto não só era de pedra gótica como copiava as circunvoluções do nosso cérebro, um neocórtex de pedra decadente e húmida que nos fazia resvalar para o nosso interior cerebral, na vertigem autocentrada de quem cai para dentro. Pensei: Veneza é o esqueleto de uma criatura que se atolou na laguna e aí fossilizou, restos ósseos mineralizados de um ser marinho antiquíssimo. A sua arquitectura é a calcificação rendilhada de um organismo morto.

Escurecera e ainda não tínhamos saído do labirinto. Não nos assustámos. Sabíamos por intuição que não saíramos de nós, por muitos pátios e esquinas que cruzássemos. Reencontrámos ruas comerciais, densas de uma multidão, agora nocturna, que procurava as lojas, os lugares notáveis, os restaurantes. Entrámos num estabelecimento para jantar. Numa mesa próxima um grupo de brasileiros falava alto. A certa altura ergueram os copos de vinho e brindaram: Estamos na Itália! Quando nos foi trazida a conta e a Irene se dispôs a pagar, o empregado olhou para mim e, julgando-nos casados ou coisa parecida, exclamou com desenvoltura mediterrânica: *Oh, fortunato!* Tomámos o *vaporetto* de regresso ao hotel. Agora com uma brisa fresca, e a noite fazendo descer as suas cortinas aveludadas, as fachadas sombrias e decadentes do Canal Grande desdobravam-se diante dos nossos olhos em toda a sua beleza gótica nocturna, como um biombo extravagante de cenário falso. O *vaporetto* saltava de paragem em paragem, tocando ora uma, ora outra margem do Canal, largando e acolhendo passageiros. E eu estarrecia com a decrepitude imperial das velhas fachadas, algumas iluminadas, com som de música e brilhos de copos e cristais a espreitarem para fora, outras escuras, vestidas de humidade e limos depositados nos degraus que vinham mergulhar na ondulação discreta do canal. Veneza impunha-se-nos como um cenário de ópera. Víamo-la como uma colecção de colunas, cenários montados, alçapões, manequins, cadafalsos, andaimes, maquetes e outros mecanismos de bastidores de teatro, a representação aparatosa de uma comédia barroca.

Nos dias seguintes, prosseguiu o calor doentio e o convite insidioso da cidade. Íamos ficando mais e mais tontos, à beira do desmaio, enfeitiçados pela sua beleza fúnebre. Devaneávamos num quase delírio, o que era supérfluo, pois a cidade é, ela própria, um devaneio de pedra, madeira e água lodosa. Estávamos em vias de nos apaixonar por esta cidade e isso representa a morte ou, pelo menos, um risco mortal considerável. O colo de Veneza sufoca. A sua ternura monstruosa e macabra exige entrega, o abandono da própria vida. A beleza excessiva e inquietante desta cidade ia matar-nos. Era preciso abandonar Veneza enquanto fosse tempo, enquanto nos restava alguma lucidez, apesar das têmporas que latejavam e da febre imaginária que nos fazia fechar as pálpebras como panos pesados de palco. Era urgente sairmos dali, apanharmos o comboio, seguirmos viagem para lugares mais aprazíveis e bucólicos. Resistimos ao final melodramático que esta cidade exigia de nós, recusámos o papel da personagem morta em cena que ela nos impunha e apressámo-nos a voltar para casa.

Em casa, já refeitos, retomámos o nosso programa de planear as viagens que queríamos fazer. Já nessa altura, noto-o agora, a Irene mostrava, por vezes, menos disponibilidade do que eu para estes projectos. Sempre aplicada e zelosa nos estudos, enquanto eu punha os meus em segundo plano, nem sempre tinha tempo para pensar nas viagens futuras. Nunca negligenciou os projectos pessoais para se entregar inteiramente àquilo que para mim era o mais importante. Só agora estou capaz de perceber que isso era já um esboço da sua deserção.

Depois da experiência de Veneza, decidimos que íamos viajar de maneira diferente, sem escolher um destino fixo para ir e voltar. Tínhamos à disposição um mapa de estradas de Portugal, antiquado, que remontava ao tempo em que fazíamos passeios de carro com os nossos pais. Pusemo-nos a estudar o mapa, ainda que desconfiássemos do seu grau de actualidade. Percursos e trajectos possíveis começaram a desenhar-se. A Europa, e depois a África e a Ásia, estão inteiramente à disposição de um veículo de quatro rodas. As Américas e a Oceania ficariam para outra fase. Examinámos os países europeus, um por um, os nomes das principais cidades, as distâncias entre elas, os elementos estatísticos e demográficos, os pontos geográficos de destaque. Traçámos percursos na ponta do dedo, avaliámos distâncias e tempos de viagem. Como quem se entretém a resolver equações do terceiro grau ou palavras cruzadas, redigimos em cadernos a planificação de passeios de vários dias, com a referência dos quilómetros diários, a duração das estadias em cada cidade, vila ou aldeia. Comprámos um mapa de estradas do continente, o mais actualizado que havia à disposição, e progredimos consideravelmente nessas apreciações e projecções.

Tínhamos sobre os nossos joelhos a rede rodoviária da Europa, com as suas estradas principais e secundárias, nacionais e regionais, auto-estradas, caminhos de ferro, ligações marítimas e fluviais, fronteiras. Outros mapas forneciam-nos a localização de portos, parques de campismo, praias, estações termais, estações de desportos de Inverno, grutas, miradouros, postos de informação turística. Lembrámo-nos de recorrer a agências de viagens, embaixadas e consulados para pedirmos mais informações. O telefone não podia resolver tudo; saímos de casa várias vezes para ir bater à porta das agências e das representações estrangeiras, que nos forneceram livros, guias, plantas de cidades, tabelas horárias de autocarros, comboios e barcos, mapas dos metropolitanos, folhetos ilustrativos de curiosidades turísticas, costumes locais, artesanato, gastronomia, festas e festivais, museus e monumentos, bem como condições para práticas desportivas, caça, pesca, hipismo, montanhismo. Sobre vários países estudámos e tomámos apontamento, nos nossos cadernos, de informação relativa a clima, idiomas, passaportes e vistos, burocracia alfandegária, vacinas e seguros de saúde, taxas de câmbio. À medida que a nossa colecção de mapas, guias e folhetos aumentava, crescia também o número de frases e palavras úteis de idiomas estrangeiros que conseguíamos articular. Já nos imaginávamos a andar com todo o à-vontade no metro de Londres ou Moscovo, bem escrutinados pela ponta do nosso dedo, nos canais de Sampetersburgo ou Estocolmo, nas pontes de Paris ou Amsterdão.

O conhecimento aprofundado das vias de circulação automóvel levou-nos a substituir a ideia da carrinha do nosso pai pela ideia de uma autocaravana. A autocaravana surgia-nos agora como o veículo perfeito para os nossos objectivos. Com ele podíamos ir a todo o lado sem sair de casa, porque ele seria a casa. Ao mesmo tempo, permitir-nos-ia poupar o dinheiro dos hotéis. Um aspecto importante era a marca e o modelo do veículo, o que exigia uma escolha criteriosa mas para a qual ainda não estávamos habilitados. Fomos visitar um estabelecimento especializado. O funcionário que nos atendeu queria mostrar-nos algumas autocaravanas em exposição, mas eu e a Irene, sem partilharmos o seu entusiasmo, preferimos sair dali depressa com o catálogo que nos forneceu. Em casa, estudámos o catálogo que apresentava fotografias do exterior e interior das autocaravanas e tabelas adicionais com dados técnicos como comprimento, largura e altura, peso bruto, volume, velocidade máxima, acessórios, sem esquecer os preços e as modalidades de pagamento. Se um modelo nos atraía por ter uma óptima arrumação de bancos e mobiliário removível, permitindo redimensionar o espaço interior consoante as necessidades, outro parecia desejável por ter uma casa de banho mais moderna e funcional, ou por causa do tamanho do frigorífico.

Fomos buscar os livros sobre os grandes museus do mundo, os sítios arqueológicos, as ruínas, os centros históricos, os aspectos paisagísticos mais notáveis de cada país. Tínhamos nas mãos as plantas de museus famosos. Em casa já estávamos capacitados para programar a visita, embora devêssemos estimar que ao chegar à porta do museu poderíamos vislumbrar cartazes apelativos de exposições recentes que levassem a uma mudança de planos. Sabíamos quantos degraus tem a escada que conduz do andar da secção de Egiptologia ao andar da Mesopotâmia de um determinado museu; quantas janelas tem o andar da pintura renascentista; quantas salas ocupadas pela secção de Art Déco. Só faltava, de facto, ir lá, estar lá, ver as obras originais, não as reproduções conhecidas dos livros. Era essa a nossa intenção, uma intenção estudada, trabalhada, organizada, que ia deixar pouca coisa ao acaso, embora prometêssemos um ao outro ser sensíveis ao apelo do imprevisto, do improviso. Não íamos recusar o desafio da surpresa. No entanto, estavam criadas as condições para não sermos incomodados muitas vezes: as surpresas são provocadas sobretudo pelas pessoas, e eu e a Irene, rodando e vivendo na autocaravana por essas estradas e parques mapeados, íamos ser quase auto-suficientes. Já nos víamos a percorrer países como quem, no sofá de sua casa, folheia mapas, álbuns de fotografias, colecções de bilhetes postais. A Europa feita de asfalto, pedra, betão e vidro, com todos os seus tesouros e aspectos pitorescos, ia ser esse álbum gigante folheado pelas nossas deambulações, lido e interpretado pelo nosso olhar previamente instruído pelos livros e pelos mapas.

Estimulado pelos preparativos e pela descoberta que íamos fazer de lugares e paisagens, acreditei que poderia submeter parcelas controladas da Natureza à minha exploração. Por parcelas controladas da Natureza eu entendia uma formação geológica determinada, um acidente na paisagem, um qualquer aspecto natural que se me oferecesse para um passeio instrutivo, quase académico. Tinha em mente, por exemplo, as origens vulcânicas dos Açores, as suas crateras extintas, as suas lagoas e caldeiras, mas também os glaciares da Islândia e as jazidas de fósseis do Norte de África. Dir-se-ia que estes territórios naturais não eram anteriores à ciência e à inteligência que os explorasse, mas sim criados pelos cientistas como uma ilustração pedagógica dos seus conhecimentos abstractos, a Natureza reduzida a uma maquete de laboratório para as aulas práticas. Os fósseis existirão realmente ou foram fabricados e enterrados por cientistas, para que outros cientistas os desenterrassem, como num jogo intelectual que simula a Natureza? As aves raramente avistadas são naturais ou são produzidas geneticamente em laboratório e depois soltas na Natureza por cientistas imaginativos que nunca se cansam do jogo da Ciência e da Natureza?

Consultei o que tinha à mão sobre esses lugares e comprei algum material imprescindível para este tipo de exploração geológica amadora, na qual pode ser necessário empreender uma descida a uma gruta ou fazer uma pequena escalada: mapas geodésicos, bússolas, lanternas, picaretas de alpinista, martelos de arqueólogo, pitões, ganchos, ponteiras, cordas, mochilas, sacos-cama, tendas, sem esquecer todos os acessórios de vestuário referidos pelos livros da especialidade, como capacete, luvas, camisolas espessas, blusões e calças impermeáveis, botas de couro com solas ferradas, polainas. Fazer a lista dos objectos necessários, assegurar a sua qualidade e os seus usos específicos, tudo isso me ocupou e entreteve num corrupio entre os nossos cadernos de viagem e as lojas que se faziam pagar bem por esses materiais. Sem ainda estar no terreno, eu já tinha tudo o que era recomendado. Ia haver uma correspondência, um encaixe perfeito, entre estes objectos e utensílios, por um lado, e o terreno, por outro. Eu confiava neste ponto como quem se põe a completar um *puzzle* e confia que todas as peças estão bem feitas pelo fabricante e se encaixam umas nas outras para formar o quadro. Irene pareceu então predisposta a deixar-se entusiasmar também por estas excursões académicas que eu antevia com a dedicação de um estudante que se preparasse para aulas práticas de ciências naturais. Com aquela vocação para cuidar que era tão sua, lembrou-se de formar um estojo completo de primeiros-socorros, para o qual eu só soube contribuir com um repelente de insectos.

Nos nossos planos e apontamentos de viagem, em resultado de tanta informação coligida, a Europa já nos parecia pequena. Começámos a expandir-nos para a Ásia, exercício aliás facilitado pela geografia, que nos autorizava a pensar que a Europa é apenas uma extensão, uma península da Ásia. A seguir a um continente desdobrava-se-nos outro, com as suas estradas e rotas infinitas, o chamamento irresistível das suas montanhas e desfiladeiros, os seus rios e desertos, as suas cidades profundas, as suas paisagens perdidas e singulares. Sobre o mapa desdobrado no nosso colo, parecia acessível traçar percursos no Médio Oriente e depois na China. Poderíamos também empreender, de uma assentada, o transiberiano até ao mar do Japão. A mãe Europa não nos ia conter por muito tempo, pensámos nós, porque duas avós, a Ásia e a África, chamavam-nos para o seu colo. Quanto à América do Sul, muito haveríamos de ter para conversar e realizar; comuniquei à Irene que gostaria de subir o Amazonas, partindo de Belém do Pará e indo pelo menos até Manaus.

O que é que nos fez, por fim, desistir? Durante semanas dedicámo-nos com afinco a estes preparativos. Pensámos em tudo pormenorizadamente, fomos tão longe nos pormenores que a viagem parecia já feita, pronta e acabada como uma peça de vestuário colocada nas nossas mãos e que só faltasse vestir. No entanto, à medida que as semanas decorriam, por detrás do nosso entusiasmo e dos nossos trabalhos, ia-se acentuando a impressão de que não daríamos o passo decisivo. Não sairíamos de casa. Talvez até chegássemos a comprar a autocaravana; estivemos muito perto de o fazer. Mas não haveria partida. Simplesmente, não partiríamos. Os preparativos da grande viagem ocuparam-nos, seduziram-nos, foram, durante aquelas semanas, um entretenimento interessante. Preencheram os nossos dias. Mas o impulso para sair era, no máximo, tão forte como o desejo de ficar, de permanecer aqui, na casa cheia dos ecos do passado, dos nossos pais, de nós próprios. Quando julgámos que o impulso para partir era dominante, o desejo de ficar estava apenas à espreita, latente, medindo a força do seu adversário e minando-o insidiosamente. Quando os nossos pensamentos e os nossos gestos e decisões iam no sentido da saída de casa, parecendo com isso reforçá-la, eis que, no mais fundo de nós, se fazia um trabalho de sabotagem desse propósito, um trabalho oposto que consistia em atribuir mais prazer na preparação da viagem do que na viagem propriamente dita. Quando os preparativos, lentos, consistentes, exigentes, tiveram mesmo de acabar, nada se lhes seguiria, nenhuma consequência assinalável ia resultar deles. Obtivéramos satisfação intelectual na planificação. A execução da viagem teria uma grande desvantagem: o peso da realidade, a marca violenta da coisa física, concreta, efectuada, com todas as suas forças anónimas, que não controlamos, convergindo para nós, arrebatando-nos, arrastando-nos, solicitando-nos, agredindo-nos.

Quando isto se tornou evidente, e já não nos enganámos mais a nós mesmos, sentimos uma tristeza vaga e muda pelos projectos anulados, mas também alívio. Alívio que nos dias seguintes se fortaleceu e se transformou em alegria reencontrada. Depois de quase termos saído, era com horror que víamos agora essa possibilidade. Por contraste, sabermo-nos aqui, entre as velhas paredes, dava-nos uma sensação de aconchego. Como é bom quase perdermos a vida que temos para, no fim, nos reconciliarmos com ela e lhe darmos valor! Todo o material das viagens não feitas foi arrumado debaixo de uma cama: quilos de livros e de guias, folhetos, mapas, cadernos, os instrumentos e as roupas de geólogo e montanhista. Era todo um mundo portátil que ficava encerrado. Se outros guardam relíquias e recordações de viagens feitas, nós guardámos ali as relíquias e as recordações de viagens não realizadas, os objectos gastos só pela nossa planificação, e guardámo-los com o sentimento de os ter usado, de lhes ter dado, um dia, a função a que se destinavam. Tinha sido, de facto, e de repente, num outro tempo. Olhámos para essas coisas como se as tivéssemos gasto em viagens realizadas no passado e não lhes tocássemos há muito. O plano de uma viagem futura e nunca realizada transformou-se, de repente, na recordação de uma viagem feita num passado distante.

16
A casa vazia

Para que serviram todas aquelas barreiras defensivas construídas ao longo dos anos, à volta da casa, se os meus pais também já cá não estão? Para lá dos muros, já nada é como era. Tudo mudou. Já não estou isolado no meio de descampados selvagens e azinhagas agrestes. Agora, sou espiado por prédios cheios de janelas luminosas, mais altas do que os muros da quinta. À noite, os candeeiros públicos afastam as sombras, que me deixam mais vulnerável ao olhar da gente que habita esses prédios. A casa está vazia e já só recebe a visita dos agentes imobiliários que trabalham para a sua alienação.

A partir do momento em que os meus pais saíram, tudo mudou. Sentindo que a idade não lhes permitia continuar a viver aqui, numa casa demasiado grande e acima das suas forças, foram para a terra natal da minha mãe. Eu e a Irene ajudámo-los a arrumar e a encaixotar tudo e depois esvaziámos a casa ao máximo, já que eu e ela não íamos precisar de muita coisa.

O casarão tornou-se, de repente, oco e desolado, e nós os dois, os que aqui ficávamos, fechámos portas, encerrámos salas e quartos vazios, para anular os ecos do passado que dali vinham, há muito abafados pelos objectos que lá costumavam estar e pelos nossos passos e gestos quotidianos, e que agora aproveitavam o vazio e o silêncio para se libertarem. Passadas algumas semanas, estes restos do passado desvaneceram-se: desapareceram com os próprios objectos que os aprisionavam e com os gestos repetidos de um quotidiano familiar que os renovavam. A casa parecia uma enorme concha vazia, perdida na praia, uma casca cheia de reentrâncias e sinuosidades, cavidades e excrescências secas, como se não fosse uma construção feita por mãos humanas, mas um objecto natural. Eu e a Irene tivemos, então, algum gosto em passear pelo seu interior silencioso, subíamos e descíamos as escadas que levam ao andar superior, gostávamos de subir as escadas espiraladas da mansarda e descer até à cave, perseguíamos o eco dos nossos próprios passos, chegávamos até aos recantos mais longínquos, entrávamos e saíamos pelas portas que dão acesso ao exterior. A casa esvaziada não oferecia resistência ao nosso fluir dentro dela. Também o vento podia circular à vontade, e ouvíamos o sibilar das correntes de ar que se entrechocavam e faziam da casa o campo dos seus jogos e caprichos. Nesses primeiros tempos da nossa vida a dois aqui, eu e a Irene gostávamos desse despojamento, silencioso e branco, que nos rodeava. Era como o esqueleto de uma baleia pendurado no tecto de um museu. Já não estávamos, como Jonas, no interior de uma baleia viva e errante, estávamos dentro do seu esqueleto mineralizado e majestoso.

Um Inverno particularmente rigoroso, como há muito não acontecia, veio tornar ainda mais exíguas as condições em que vivíamos. Ventos ciclónicos atingiram o telhado da casa e, numa dessas noites de vendaval em que o barulho não nos deixou dormir, houve infiltração de águas em certos compartimentos do andar superior. A Irene e eu, passeando pela casa como fantasmas, à luz de candeeiros de petróleo que recuperáramos de uma despensa velha porque a electricidade foi desligada durante algumas horas, víamos e ouvíamos as portas e as janelas tremerem nos caixilhos, resistindo às tentativas de arrombamento do vendaval. Na manhã seguinte, fomos avaliar os estragos. Sozinhos, não seríamos capazes de consertar os telhados. Nem ia ser necessário. A casa ia ser vendida, provavelmente demolida por quem a comprasse. Era indiferente se tinha infiltrações de água nos tectos. O espaço habitável diminuiu, mas não havia outro remédio. O facto de sermos só duas pessoas num casarão grande, levou a que encerrássemos outros compartimentos e recuássemos um pouco mais. Notámos, também, nesse Inverno calamitoso, que a humidade alastrava: vinha daqueles compartimentos que estavam a céu aberto, que eram feridas abertas por onde a destruição entrava e avançava para nós.

A casa ia-se rompendo aqui, fracturando ali. Eu e a minha irmã fechámos progressivamente quase todo o espaço interior, retirámo-nos nós próprios daí, declarámos esse espaço como zona interdita e raramente lá voltávamos. Desocupámos a casa, à medida que fechávamos secções inteiras; um espaço reduzido ia ser-nos suficiente. Os compartimentos abandonados pertenciam já ao domínio da escuridão, uma vez que as lâmpadas se fundiram ou as retirámos, para uso no nosso reduto. Mesmo a luz do dia não chegava à maior parte desses compartimentos: havia janelas com tábuas pregadas, outras cobertas pela vegetação daninha, outras ainda com linguetas e fechaduras emperradas. Desocupando parcelas, tínhamos por hábito fechar à chave as respectivas portas e mantínhamos guardadas todas as chaves. Mas a porta encerrada não sustinha o avanço da degradação que, momentaneamente, confinávamos do lado de lá: trespassava a porta, avançava por cima e por baixo dela, por todos os lados, aproximava-se do nosso reduto no andar térreo, como se viesse envolver-nos num abraço gelado.

Recuámos para uma parcela sempre mais reduzida, na nossa fuga à degradação da casa, porque continuámos a prescindir de muitos dos seus quartos e salas, encerrando-os. Apareciam um pouco por toda a parte manchas de humidade e bolor, alastrando-se quase a olhos vistos. Seguíamos com algum interesse o percurso dessas manchas que chegavam até nós e cujas formas desafiavam a nossa capacidade de decifração; nem sempre pareciam devidas ao acaso. Viemos a ocupar dois quartos, uma pequena cozinha, uma pequena casa de banho. Era como um apartamento dentro do casarão profundo e espoliado, separado por uma porta pesada ao fundo de um corredor. Aqui nos instalámos.

Ainda assim, tivemos de reentrar várias vezes nos compartimentos fechados para fazermos pequenas reparações ou irmos buscar alguma coisa que se tornara necessária. Aconteceu termos de ir lá tapar uma janela que subitamente se escancarou ou esburacou e por onde, à noite, entrava um frio excessivo, que chegava até nós; um pedaço de cartão ou umas tábuas pregadas remediavam sofrivelmente o problema. De lá vinham também aranhas, de vários tamanhos e feitios, em vários estágios de crescimento, que surpreendíamos tecendo as suas teias clandestinas, nos cantos e nas frinchas, ou que nos surpreendiam quando, penduradas num fio invisível que caía do tecto, desciam até às nossas cabeças e ao nosso colo. A minha irmã e eu entretínhamo-nos a soprar e a vê-las balançar nas suas teias e nos seus fios oscilantes, mas resistentes. Éramos como aquelas figuras mitológicas representadas nos mapas antigos que, de bochechas inchadas, sopravam os ventos sobre os oceanos e colocavam os navios em perigo. Uma leve expiração nossa podia ser suficiente para as agitar na sua fragilidade enganadora, e gostávamos de ver o seu bailar e balançar, penduradas no tecto, afectadas pelo capricho da nossa respiração.

Tinham ficado para trás, do outro lado das portas trancadas, muitas coisas que nos eram úteis e queridas. Era toda uma tralha que incluía álbuns de fotografias, colecções, estojos de desenho, objectos de decoração, talismãs, coisas trazidas da infância e que agora estavam no lado fechado da casa. Os fungos e os bolores danificavam-nas, de modo que, quando nos lembrávamos delas e as íamos recuperar, descobríamos que não tinham sido poupadas. Às vezes assaltava-nos o impulso de voltar lá para ir buscar uma ou outra coisa muito desejada. Eu lembrei-me de uma colecção de fósseis de trilobites e amonites que deixara mal arrumada numa caixa de papelão e me apeteceu rever. A Irene quis localizar, para reler, alguns livros de poesia. O espaço absorve tempo. O nosso espaço era mais diminuto, o que libertava tempo que não sabíamos como usar. Ocupávamos o tempo, amontoado em grandes quantidades, com objectos que nos eram familiares e conhecidos, numa repetição constante e exaustiva: reler os livros que sabíamos de cor, reordenar as colecções já tantas vezes ordenadas, redescobrir as recordações que nunca foram esquecidas, desfazer as peças de lã devido a um pormenor insignificante para as refazer.

Foi também nessa altura que tivemos os sonhos. Aconteceu espontaneamente que eu e a Irene começámos a fabricar sonhos iguais e simultâneos, sonhos por episódios, sonhos que um começava e o outro acabava. Desde pequenos que sonhávamos em simultâneo ou tínhamos muitas vezes o mesmo sonho; era frequente falarmos em voz alta um com o outro enquanto dormíamos. A nossa harmonia persistia mesmo durante o sono. Uma vez a mãe ouviu as nossas vozes durante a noite e foi ao nosso quarto (eu e a Irene partilhámos o mesmo quarto até uma idade relativamente avançada) e ouviu um diálogo inteiro que estávamos a ter, cada um deitado na sua cama a fazer perguntas e a dar respostas ao outro com toda a lógica.

Sonhávamos em simultâneo ou por episódios os espaços da casa. A Irene sonhava que a percorria até um determinado ponto, a partir do qual era já eu quem sonhava a continuação desse percurso até um outro ponto de chegada que era o ponto de partida do sonho seguinte, agora sonhado por ela, e por aí fora. Precisávamos de esperar pelo despertar para conjugarmos os meus fragmentos do sonho com os dela para completarmos a sequência e, assim, conhecermos uma totalidade que se revelava, apesar disso, uma mera parte do verdadeiro todo, que estimulava novos sonhos para novas deambulações. Este mecanismo veio a aperfeiçoar-se, e então a sequência alternada de sonhos meus e sonhos da Irene era finalizada por um sonho tido simultaneamente pelos dois, em que nos encontrávamos para fazer o ponto da situação, de modo que, quando acordávamos, pouco ou nada tínhamos de acrescentar ou dizer um ao outro sobre essas descobertas. Aqueles espaços eram desabitados, só eu e a Irene os cruzávamos, e tantas vezes só eu ou só ela, em fragmentos individuais, procurando-nos um ao outro e aos limites impossíveis da casa.

17
As letras

— É assim, senhor Vergílio... — diz-me Gabriela, que insiste em tratar-me por senhor Vergílio e quer que eu a trate por Gabriela. — Já temos a certidão do registo predial e a caderneta predial da casa. Esses documentos são fundamentais para se poder fazer a escritura. Já deu o seu bilhete de identidade e o cartão de contribuinte à minha colega, não deu?

— Ela também já tem a procuração que os meus pais me passaram — acrescento, solícito, movido por um impulso de pôr tudo em ordem.

— Então já não precisa de fazer mais nada. Só tem de comparecer diante do notário, juntamente com o comprador e connosco, para então se proceder à escritura.

Ela disse a última frase num tom crescente de entusiasmo, como se anunciasse uma festa.

— E onde é que vai ser a escritura? — pergunto.

— Nós marcaremos num cartório notarial. Depois lhe diremos qual é, onde é, a data... Tudo. — E remata, com um sorriso profissional: — Isto vai correr bem, senhor Vergílio.

Nunca duvidei de que corresse bem. Retrocedemos no caminho de volta à porta da casa. O vento arrasta até nós pétalas mortas vindas dos canteiros que a minha mãe costumava ter sempre bem cuidados e tratados. Vejo-as rodopiar numa ilusão de borboletas irrequietas, que o vento lhes confere momentaneamente. Evito pisar uma ou outra, mas Gabriela e o fotógrafo pisam-nas, sem reparar no que estão a fazer. E de facto, não podem adivinhar o que estão a fazer. Há já alguns dias que assumi a realidade: deixei morrer as plantas que a minha mãe cultivava. Nunca percebi bem porque é que ela, antes de deixar a casa, me recomendou que tratasse delas, se em breve também eu vou sair daqui, se isto vai ser vendido, depois fechado, depois demolido. Julgo que procedi como mandam as regras: alimentei as plantas, reguei-as, protegi o seu ambiente, mudei a terra dos vasos, fiz tudo como indicado para manter a vivacidade colorida e perfumada das flores. A minha mãe sabia fazê-lo, eu não. Todas as plantas murcharam e morreram. Quando vi as pétalas perderem a cor, mirrarem e caírem sobre a terra, com um mimetismo de morte que era precisamente equivalente à sua morte real, ainda pensei em recolhê-las, varrê-las, deitá-las fora. Mas depois decidi deixá-las ficar ali mesmo onde caíam. Não valia a pena continuar a cometer ingerências nos seus processos naturais. Abandonei os canteiros a si próprios. Mais depressa recuperarão a vida por si próprios do que graças aos meus cuidados. Deixei morrer as plantas e as flores da minha mãe e, então, lembrei-me dos trabalhos em ponto de cruz que ela fazia e onde os motivos florais eram uma presença constante. Fui procurá-los nas caixas onde estão guardados, no meio da arrumação apressada que deixámos para trás, nos compartimentos fechados. Com estas flores eu posso lidar. São representações de flores, não flores reais. O meu problema tem a ver com as flores reais. Esta representação de flores, nos trabalhos de ponto de cruz, não me reclama um contacto físico mas só um contacto pelo pensamento. Faço passar sob os meus olhos estes padrões e desenhos, onde a minha mãe entreteceu fios de cores intensas – quase reais, extremamente verosímeis. Revejo essas pequenas telas onde ela fez rodopiar o fio de lã como um lápis numa folha. Coloco essas telas umas sobre as outras como se folheasse um álbum de pranchas botânicas. Sim, estes são os vasos e os canteiros que me interessam, que me basta regar com o olhar. Imagine-se, então, a minha comoção quando, ao folhear um velho livro de uma romancista muito do agrado da minha mãe, descobri entalada entre as páginas uma folha seca que ela ali colocara há muitos anos e me despertou uma vaga recordação: eu já tinha visto aquela folha entalada dentro daquele livro, mas esquecera-a. Ao redescobri-la por acaso, fui sobressaltado por interrogações improváveis. Afinal, a minha incompetência em manter vivas as plantas da minha mãe podia ter algum sentido. Teria ela gosto em cultivar aquelas plantas, semeá-las, vigiar o seu crescimento, a sua exuberância viva, apenas para chegar a ter folhas secas entaladas num livro e pétalas mortas volteando no ar numa imitação de borboletas? Não seriam os vasos bem tratados e os canteiros fecundos uma ilusão destinada a encobrir a verdadeira obra, o objectivo procurado, que eram as folhas secas e as pétalas murchas?

 A vegetação que rodeia a casa escapou ao meu controlo. Há duas janelas de uma cozinha já totalmente tapadas por uma trama densa, em forma de hera. A lassidão, que me assalta com frequência crescente, faz com que negligencie a minha reacção, tal como fortalece a ideia de que este adversário vegetal é invencível e renova sempre as suas forças depois de atacado, como se cada investida minha provocasse uma contra-investida mais poderosa. Há um pedaço de terreno que tenho de atravessar, entre o portão da quinta e a porta da casa, já conquistado por este ser despertado das profundezas da terra. Se nos primeiros tempos me era suficiente desbastar com regularidade quinzenal, depois semanal, o seu crescimento sobre as lajes e os degraus que tenho de percorrer, agora apercebo-me de que seria necessário contrariar esse avanço quase diariamente, porque de um dia para o outro ele reapossa-se das mesmas lajes e degraus que eu libertei no dia anterior. Estas ervas e plantas selvagens, cada vez mais fortes, são imortais; provavelmente estiveram séculos debaixo da terra, em estado latente, à espera de uma oportunidade para reemergirem. Os meus ancinhos e tesouras, débeis instrumentos de civilização, nada podem contra elas. Tentei examinar mais de perto esta floração, já que nunca vira nada assim. Peguei numa folha de hera, apalpei-a. Verifiquei que é felpuda, mole e quente, sugerindo qualquer coisa mais animal do que vegetal, em tons de verde-escuro com laivos de vermelho, e com filamentos amarelos que quase se podem considerar pequenas patas e servem à folha para se agarrar a qualquer reentrância ou relevo, trepar qualquer obstáculo, recobrir qualquer superfície. Os meus dedos ficaram pegajosos com o contacto desta criatura que envia um odor viciado e adocicado. Em diferentes épocas do ano, esta vegetação adquire cores incríveis, indecisas, como um corpo que procurasse uma camuflagem sempre cambiante e que, assim, se tornasse insolentemente chamativa, sarcástica, escarninha, fazendo-se notar para se fazer respeitar, desafiadora até ao exibicionismo. Mas é no Inverno que sucede uma coisa espantosa. Quando as folhas da hera morrem e secam, adoptam um tom dourado perfeito e ficam muito quebradiças ao contacto; ao fragmentarem-se nas minhas mãos, esfarelam-se num pó que se agarra aos dedos, uma espécie de pigmento de ouro, pegajoso, com uma consistência de minério. Se a hera, quando viva, me faz hesitar por momentos quanto à sua natureza animal ou vegetal, estando morta, parece nada mais nada menos do que mineral. Nunca tínhamos reparado bem nesta hera, que, no entanto, já existia nos cantos mais escusos do jardim, numa ou noutra superfície negligenciada, sem que pudéssemos adivinhar que isso já era uma incursão exploratória da hera no nosso mundo.

A hera subterrânea já nos espiava, desde os tempos dos nossos pais e muito antes até, no tempo dos pais e avós dos nossos pais. A hera sub-reptícia, contemporânea de avós e bisavós, devia espiar desde sempre a casa e os seus habitantes, aguardando, com paciência inumana, qualquer fissura ou sombra convidativa por onde pudesse avançar. Agora há, nas partes ajardinadas da quinta, árvores totalmente envolvidas por essa trama proliferante e agreste; todo o tronco e a copa estão recobertos por heras cujo progresso depende da sufocação da árvore que sustenta a sua arquitectura rastejante.

As rosas e as tulipas que deixei murchar só existem para mim enquanto palavras. Toda a Natureza só existe para mim enquanto conceito, cuja abstracção prospera na ausência da coisa e está, por isso, aparentada com a morte. Não sou eu um apaixonado por temas arqueológicos, múmias, exumações? Em estudante, quando formulei a intenção de me dedicar às ciências, era no laboratório que eu tencionava estar, examinando amostras nos tubos de ensaio e ao microscópio, desenhando-as em cadernos, e nunca na paisagem real de onde essas amostras viessem. Quando outros fossem para o terreno descobrir uma nova espécie animal ou desenterrar um meteorito recentemente caído do céu, eu ficaria no laboratório a folhear ilustrações científicas de animais ou meteoritos. Eu procurava a classificação sistemática dos seres e dos objectos, mais do que os próprios seres e objectos; a palavra, e não a coisa; o nome científico em latim, língua morta que, por ser morta, está apta para rotular o animal dissecado, a planta arrancada do solo, o mineral arrumado na prateleira. A linguagem é que ia ser o meu instrumento científico de eleição, para arrumar a coisa que, trazida da Natureza para as bancadas do laboratório, se tornaria conceito abstracto – e, por fim, apenas um nome. Apesar de vivermos numa quinta, nunca fizemos criação de nada. O espaço da quinta era desenhado a régua e esquadro sobre uma folha de papel, programado segundo regras fixadas pelos meus pais. Na folha de papel, e no terreno para que ela remetia, projectávamos um tanque, um carreiro, canteiros – e o que deixávamos intocado, selvagem, era, por isso mesmo, um produto da nossa intervenção, obra nossa, e não da Natureza. As partes ajardinadas resultavam do gosto da minha mãe, que ela aplicava tanto nos motivos florais do ponto de cruz como nos motivos florais do jardim. E para ela tinham a mesma realidade as plantas desenhadas nas telas de ponto de cruz e as outras, cujas raízes bebiam água da terra que um sistema de irrigação mecânica fornecia.

Criado no artificioso, na mecânica doméstica de um pensamento obsessivo, que passa de geração em geração na minha família, eu vivia afastado da Natureza e chegava mesmo a duvidar da sua existência. Não estava longe de conceber a Natureza como um cenário de teatro, uma engrenagem barroca de roldanas, quadros, máquinas de fazer chover e nevar, cadafalsos, figuras recortadas de animais e de árvores, um Sol e uma Lua pintados em telas deslizantes, um céu nocturno feito de velas e lâmpadas reflectidas em espelhos numa ilusão de infinito. Existiria a Natureza ou seria ela um artifício de marceneiros, carpinteiros e outros mestres de artes oficinais? Sim, o mundo era uma gigantesca maquete; os objectos naturais eram protótipos, réplicas, adereços, como o mar da minha infância, o mar que tanto atraía a minha mãe, porque todos os Verões nos levava à praia para beneficiarmos das propriedades do iodo, mas que tanto a assustava também, porque nos retirava imediatamente da água ao primeiro pirolito engolido, esse mar que não era um mar porque a minha mãe queria que ele fosse parecido com uma piscina, um tanque de fundo ladrilhado, com água à altura dos joelhos de uma criança e sem ondas, para nosso recreio infantil. Quando passeava de carro ou de comboio, as vacas avistadas ao longe nos campos pareciam-me silhuetas coloridas de papelão, figuras de duas dimensões como os desenhos de um animal no nosso livro da escola primária, em cuja legenda deveríamos escrever, numa caligrafia redonda, a palavra *vaca* (um dia a professora disse: vamos aprender a letra V, V de Vaca). A realidade desenrola-se-me diante dos olhos como se folheasse um livro de iniciação à leitura, e foi sempre leitura e foi sempre iniciação. E eu, aluno aplicado na aprendizagem da língua materna, redijo as palavras com a letra cuidada e regular das crianças que imitam a letra da professora; mesmo quando, mais tarde, enchia páginas e páginas com letra apressada, era ainda um decalque disfarçado do antigo caderninho da primeira classe. Nunca ultrapassei as sensações da iniciação à escrita e à leitura. Nunca me pareceu que valesse a pena ultrapassá-las, como se me reconduzisse sempre ao momento inaugural das primeiras letras lidas, das primeiras letras desenhadas, e fosse sempre, e novamente, a criança que aprende e se pasma com a descoberta dos primeiros tempos, da primeira e maravilhosa consciência. Depois, o que eu reencontrava nas paisagens naturais eram os sinais e os caracteres que tinha aprendido nas páginas brancas dos cadernos escolares. A vaca avistada no campo, a partir da estrada onde eu circulava de carro, era parecida com o desenho do livro de leitura, e, como ela, todos os animais e todos os objectos da Natureza pareciam ilustrações dadas a ver como quem folheia um álbum. Tal como o animal chamado *vaca*, a realidade sempre foi, para mim, como as páginas desses livros infantis onde um objecto ou uma paisagem aparecem desenhados e com o respectivo nome em baixo, em caligrafia escolar, numa chave simples e clara da realidade. Tudo têm sido para mim legendas infantis coladas à imagem das coisas, etiquetas verbais apensas. A etiquetagem elementar da realidade tem absorvido a maior parte das minhas energias. Se houvesse uma etiqueta anexa a cada objecto, eu seria feliz.

Sobre a cabeça de cada pessoa, como um chapéu de penas, haveria uma legenda com o seu nome, idade e profissão. O mesmo em relação aos edifícios públicos e históricos, para que eu os pudesse reconhecer rapidamente. Gostaria de saber do que são feitas as coisas. Assim, por exemplo, os objectos feitos por mãos humanas deveriam ter todos, aos meus olhos, a tal legenda que contivesse a indicação dos seus componentes. Uma cadeira feita de pinho deveria aparecer-me com a etiqueta: *cadeira de pinho*. As árvores, como eu gostaria de as poder identificar a todas. Todas as árvores, qualquer árvore, teriam uma placa com o nome científico, geralmente em latim, o nome vulgar, a proveniência geográfica, a idade – todas as árvores, não apenas as que se vêem em certos jardins botânicos. A realidade apresentada em catálogo, eis o que mais me convinha. A realidade sempre foi para mim abstracta, um resumo abreviado, uma transcrição despojada dos seus excessos. Nunca me relacionei directamente com a vida real que pulsa e vibra e nos absorve, por recear a sua temperatura em estado de fusão. Nisto sempre tive a colaboração da minha mãe, que me incutiu essa desconfiança básica perante os factos brutos do mundo exterior. Com palavras quis chegar às coisas, mas elas tornaram-se-me as próprias coisas e mantiveram-me afastado delas. As palavras eram um preâmbulo, mas nunca as ultrapassei. Nunca toquei as coisas; fiquei-me pelos seus nomes.

 Só suporto a vida se ela não me tocar. Não lido com a vida, mas com os quadros da vida: a paisagem emoldurada pela janela do comboio, a vaca imóvel no campo como um cartaz, a Lua e o Sol alternando-se por um maquinismo de teatro. Eu desenhava-me como figura estampada na folha de um livro, imaginava-me aí figurado, e a minha fala deveria surgir como uma legenda desse desenho. Eu deveria ser só uma ilustração num livro que narrasse a minha vida, vinte e quatro horas por dia, minuto a minuto. Ousarei dizer que, nisto, tive novamente a colaboração da minha mãe? Não me viria dela esta predilecção por uma existência limpa das coisas materiais, lavada do pó, do desgaste físico, das doenças, da variedade vertiginosa e desencontrada do mundo real? Eu deveria ser uma ilustração bidimensional, tal como era a personagem de um livro infantil escrito e ilustrado pela minha mãe, no qual o tempo, a passagem do tempo, não existia. Eu era seu filho, gerado e nascido do seu corpo, habitante esquecido das suas entranhas; mas já nada disso contava. O que realmente contava eram as palavras, esquecidas da sua origem concreta e corporal, as palavras de um lirismo de antologia. A minha mãe lia-me os sonetos de Camões e as partes mais líricas d'*Os Lusíadas*, que sabia de cor, que eu também aprendi só por artifício mecânico da memória e sem lhe perceber todo o sentido. Com isso conseguia um entendimento tácito, uma aproximação à minha mãe.

Nunca toquei na substância vibrante das coisas, nunca me expus à sua radiação quântica e emotiva; para mim o Universo inteiro estava entre aspas ou em itálico, como uma citação, um índice sem fim que, visando servir a obra verdadeira, se tornou ele próprio a obra. Colocar o Universo entre aspas resultou em transformá-lo numa mera figura de estilo, num modo verbal de ser. Não tinha de me sobressaltar com nada: tudo era alusão, citação literária, e se algo viesse incomodar-me ou demover-me eu só tinha de virar a página, fechar o livro, arrumá-lo na estante, entre milhares de outros livros. Nunca fui senão leitor, e tudo foi para mim matéria escrita para ser lida. Constantemente observava-me a mim próprio visto de fora, a agir e a pensar segundo um guião já escrito. Eu não falava: declamava. Aos meus ouvidos, os outros também não falavam: declamavam. Imaginava que as suas palavras eram um texto para ser lido, transcrevia a sua fala numa forma escrita que me era dada a ler, para me ser compreensível. Com isso eu perdia muitas coisas, obviamente, porque a fala está ancorada no corpo, transporta audível e materialmente emoções, nas suas notas mais graves ou mais agudas, nos seus silêncios significativos, nas suas hesitações ou precipitações. Fixando um texto que apagava as vozes, anulando o corpo que produzia a voz, eu ganhava uma forma que me era grata, a forma escrita, a única que me achava capaz de assimilar desde que fora instruído pela minha mãe no alfabeto. Entre mim e os outros, entre mim e as comunicações dos outros, eu interpunha um texto debitado por eles, imediatamente transcrito e submetido à minha leitura. Quando falo já estou a urdir um texto, transformo o meu interlocutor em leitor do que digo. Sou sempre um leitor dos textos que os outros debitam na sua fala. Lido verbalmente com as coisas e com as pessoas. Constantemente elaboro diálogos imaginários com pessoas reais ou recordo diálogos passados. Quando falo com alguém, as minhas palavras são apenas a voz activa e presente de uma narrativa que estou a tecer secretamente, em que sou narrador ou personagem, e o interlocutor é sempre personagem. Nem sempre sei se o que me disseram foi realmente dito ou se o imaginei nos meus diálogos infatigáveis. Acontece-me muitas vezes contar a uma pessoa, como se fosse novidade, qualquer coisa que ela me contou dias antes. Tudo o que me disseram ou eu disse confundiu-se no entrecruzamento de parágrafos ditos ou pensados. Escrever seria um meio de extrair um enunciado claro, resgatado do caos, desenredado da trama. A escrita poderia ser um prisma que discriminasse e separasse da massa uniforme da luz um espectro de cores demarcadas, ordenadas. As palavras iam pôr-me a salvo das coisas, do contacto directo, da fusão, e ao mesmo tempo iam ligar-me a elas. Convertendo o mundo em letra de forma, eu garantiria a sua legibilidade. No meu projecto, o alfabeto ia ser tudo aquilo de que eu ia ter necessidade. Aquilo que eu sou, corporal e espiritualmente, aspirava só às palavras preambulares, indicativas, substanciais – os nomes das coisas. E, de um modo não místico nem misterioso, a carne seria verbo e o verbo far-se-ia carne em mim, literalmente.

Quando procurava alicerçar uma vocação, deixei que o professor Emanuel me inspirasse algum do seu pendor especulativo e o fascínio pela ciência, embora não pelos meios convencionais. Interessava-me o que se podia dizer da ciência, e não ela própria, o que se podia imaginar, e não o que se podia provar, o trabalho solitário de um pensador, e não os contributos aceites por toda a comunidade científica. O professor Emanuel, faço-lhe essa justiça, era um cientista, embora não comum. O impulso que eu dera aos meus estudos especializados fez com que me ocupasse com estes ainda durante alguns anos, como uma locomotiva que não pára imediatamente quando se accionam os travões. Preparei-me para entender o mundo através da recolha de amostras físicas da realidade (fósseis, tecidos de plantas e de animais, lágrimas, sangue, correntes electromagnéticas), num laboratório, para exame e observação. Mas eu sempre tinha suspeitado que era excessivamente forte a minha tendência para o sonho, a fantasia, o devaneio, que também são formas de investigar e conhecer a Natureza, mas que são rejeitadas pelo trabalho de laboratório em que se conta cada gota, cada grama, cada átomo. E, caso chegasse a envergar uma bata branca, eu não teria paciência para contar essas quantidades, pôr-me-ia logo a sonhar, a fantasiar, a devanear.

A falência desta vocação científica, que só aos meus olhos parecia promissora, e que talvez fosse antes pseudocientífica, deveu-se a ter descoberto que eram as palavras o meu instrumento para conhecer o mundo. As palavras eram altamente valorizadas em nossa casa. Durante as refeições, facilitava-se a discussão de tópicos muito específicos ligados ao significado das palavras, à sua etimologia, à busca de antónimos e sinónimos, ao desafio das rimas, às sugestões e possibilidades contidas em tudo o que era verbal. Jogos eram propostos, especialmente pelo meu pai, para quem o mundo das palavras parecia ter uma presença mais concreta do que as pessoas reais. Discussões e jogos culminavam numa verdadeira corrida aos dicionários ou às fontes mais pertinentes, muitas vezes com um prémio proposto, que podia ser a fatia que sobrava da sobremesa, ao almoço, ou o privilégio de ser o primeiro a ler um determinado livro entregue em mão pelo nosso pai. Hoje estou em crer que os meus pais, eles próprios incompatibilizados com a vida exterior à casa, favoreceram as palavras e tudo o que fosse verbal. Tudo passava pelo escrutínio das nossas palavras, do discurso familiar que submetia tudo à sua digestão. O real, para nós, era o verbal. Só dávamos importância àquilo que já estivesse inscrito na nossa linguagem privada. O resto, ou era desprezado ou tinha de ser aí inserido através de um consenso linguístico familiar. Esta existência verbal induzia-nos constantemente a brincar e a fazer experiências: poemas e contos que escrevíamos num livro de páginas brancas (brinde oferecido na compra de uma agenda que um vendedor ambulante impingira ao nosso pai), palavras que inventávamos, alcunhas que dávamos às pessoas e que passavam a substituir os seus verdadeiros nomes. A língua, legado de todo um povo, era distorcida e transformada para ser um património só nosso, corrompido aqui, enriquecido ali, com os nossos significados. A nossa história familiar consistia, sobretudo, em acontecimentos verbais; as nossas palavras eram a nossa mitologia, narrativa cheia de incidentes, aventuras e factos de ordem puramente verbal.

Assim, troquei a Tabela Periódica dos Elementos pelo alfabeto; os tubos de ensaio pela caneta; as bancadas de trabalho pelos cadernos pautados. E isto com uma extraordinária vantagem económica: só ia precisar das vinte e três letras do alfabeto latino, que uma criança de cinco ou seis anos já pode manejar no primeiro ano da escola. Não ia precisar de mais nada; bastar-me-ia essa chave com que estava apto a investigar a realidade e normalmente acessível a qualquer criança recém-alfabetizada.

Ser escritor era, afinal, um mandato familiar. E deste modo, numa altura em que parecia já estar longe da esfera da influência da minha mãe, eu retomava, agora em pleno, aquela aprendizagem precoce das letras que fizera com ela. E, se no começo me limitara à cópia fiel das letras no caderno, agora ia aventurar-me na combinação infinita das letras em palavras emancipadas do impulso inicial, mas que iam ser ainda a continuação natural dessa experiência materno-infantil de alfabetização. Persistia, disfarçado, como uma inspiração latente, o gesto materno que guia a mão do filho iletrado no desenho das letras. O projecto de ser escritor ia ser o prolongamento desse gesto em produções literárias que, parecendo já nada ter a ver com o soletrar do *a-e-i-o-u*, eram o seu eco perpétuo.

– É assim, senhor Vergílio – repete Gabriela. – O comprador pode até nem querer vir cá ver a casa. Ele vai ter acesso à certidão do registo predial onde consta a descrição do terreno e da casa, e à caderneta predial das Finanças onde está também a descrição do prédio e o seu valor patrimonial. Esta documentação e as fotografias que vamos colocar na Internet podem ser suficientes para o satisfazer.

18
Irene vai-se embora

O que eu ainda estou para perceber é a pressa da Irene em sair daqui e a fuga dela para Bruxelas. Tentou convencer-me de que esse emprego que aceitou não teve nada a ver comigo. Quis fazer uma ruptura. Sinto-o. Aproveitou a iminência da venda da quinta, a mudança dos nossos pais para o interior, o fim dos estudos pós-graduados e dos estágios profissionais, ganhou coragem e partiu daqui. Estas ideias europeístas, esta politiquice diplomática e económica em que ela agora está metida – até parece que escolheu a actividade que menos tem a ver comigo para se afastar de mim.

Eu sabia que ela andava a mandar currículos para toda a parte, apresentou propostas de trabalho, compareceu a entrevistas. Falava-me, claro, dessas coisas e eu reagia como se nada daquilo fosse real. Não pensava que iam acontecer coisas novas na nossa vida, ou antes, na vida dela. Não me passava pela cabeça que já estavam a acontecer. Eu fazia comentários irónicos e desdenhosos que tinham por objectivo lançar o descrédito nos seus planos de ir trabalhar para o estrangeiro. As relações internacionais eram a área de especialidade dela. Mas acho que eu próprio encarava as relações internacionais apenas no plano teórico, como o jogo de estratégia onde se conquistam países num tabuleiro de cartão com marcas e um dado. A Irene já tinha uma visão diferente, e eu só me apercebi disso tarde demais. Ela interessava-se, mais do que tudo, por instituições e leis da União Europeia, deixou-se seduzir por essa ideia utópica de Europa que, na minha visão, é uma sucessão de corredores muito limpos, onde estão pintadas estrelas amarelas em fundo azul e onde circulam funcionários que transportam pastas com um logótipo que repete o anel de estrelas em fundo azul, a saírem de gabinetes ou a entrarem em gabinetes, junto de amplas janelas envidraçadas que dão para um pátio interior onde há uma árvore artificial que bem poderia ser azul e amarela, mas que ainda assim é verde e castanha. É isto a Europa. Uma empresa onde há sempre resmas novas de papéis, caixas de clips e agrafadores por estrear e lápis bem afiados. As relações europeias e as relações da Europa com o resto do mundo tornaram-se, ao longo dos anos, objecto do interesse apaixonado da Irene. Ela apaixonou-se por essa Europa que é, hoje, um palco recém-armado, pintado com as inevitáveis cores azul-escuro e amarelo, um cenário desmontável sempre a cheirar a madeira e a tintas novas, onde se agrupam senhores engravatados e senhoras que, não estando engravatadas, poderíamos ainda assim dizer que estão engravatadas, rodeados por jornalistas, fotógrafos, câmaras de televisão, telemóveis, computadores portáteis, toda a moderna tecnologia digital que reduzirá estes senhores e senhoras a figuras de desenho animado, imagens difundidas por toda a Europa.

Já não há batalhas nem massacres. Os povos da Europa já não se invadem nem bombardeiam uns aos outros, já não colonizam outros continentes. Os líderes da Europa enviam delegados e observadores a países distantes e manifestam preocupação pelo estado da democracia, pela fome, pelas guerras ou pelas doenças que aí grassam. A Europa já não conquista nem subjuga: manifesta preocupações, dá conselhos, tenta negociar, e gostaria que todos os não europeus vivessem como europeus nos seus próprios continentes, sem guerras, sem disputas violentas, mas negociando e assinando tratados de coesão e convergência e fazendo-se fotografar contra o fundo de cenários desmontáveis pintados de fresco. Continua a abraçar o mundo, mas apelando a uma paz e a uma concórdia baseadas na universalidade fraterna do género humano, onde as questões ecológicas e ambientais ocupam um lugar de relevo: o planeta é a casa de todos nós, que temos de cuidar e manter limpa e segura. E a Europa, esse mega-empreendimento financeiro e político, tem milhares de funcionários em prédios de escritórios e em centros de reuniões e de conferências, tem especialistas cuja especialidade são as próprias instituições europeias e a sua complexa maquinaria burocrática, especialistas em europologia, euro-especialistas. Esta mega-empresa continental precisa de muitos funcionários e a Irene ia ser um deles. A Europa paralisou a História e roubou-me a Irene. E entre os seus milhares de funcionários devem estar os pintores das cores azul-escuro e amarelo-desmaiado, cores suaves e conciliatórias que operam o milagre do consenso e da paz ao fim de séculos de guerras e disputas violentas. Tanta suavidade chega a complicar com os nervos. Tanto consenso chega a provocar um frémito de revolta, dá vontade de pegar em tintas de cores fortes e quentes e borrar os palcos desmontáveis da Europa. Nesse azul profundo e nesse amarelo desmaiado dos cartazes da Europa é a própria Europa que se afunda e desmaia, auto-anestesiada para conter os seus impulsos agonísticos, a sua fúria ancestral, a sua violência fundamental e fundadora. Mas o sangue que nos corre nas veias é vermelho, e o Sol, que sustenta a vida, é amarelo-torrado, e o fogo é cor de laranja. Apetece-me exclamar, gritar: Para onde vais, Europa? Que fizeste de ti, Europa? Mas o que eu quero realmente dizer é: Que fizeste, Irene? E que vai ser de mim?

Excessivamente confiante, eu fazia-a rir com as minhas piadas destrutivas sobre as instituições e as relações internacionais – afinal, sobre todas as relações que ela pudesse tecer afastada de mim, internacionais ou não, institucionais ou não. Ela ria, é certo, mas lá por isso não abandonava os seus planos. Eu resisti passivamente àquelas colegas, ou amigas, ou vagas namoradinhas, que se aproximaram de mim quando era adolescente, porque a Irene as diminuía aos meus olhos com a sua ironia e o seu sarcasmo. Ela avaliava-as certeiramente e ajudava-me a escapar aos avanços dessas raparigas que, de outra forma, teriam produzido grandes mudanças na nossa vida, ou melhor, na minha vida. Mas, quando eu fiz o mesmo com as aspirações profissionais da Irene, ela começou por rir comigo, depois passou a sorrir apenas, por fim tornou-se imune aos meus comentários. Até que um dia me anunciou que ia para Bruxelas, para um organismo da União Europeia. Era irreversível. Há um antes e um depois desse dia. Eu fiquei instantaneamente consciente disso. Nunca mais as coisas seriam iguais para nós. Estaria ela consciente do mesmo?

– Nem tudo tem a ver contigo – disse-me ela. – Tem a ver comigo. Eu quero este emprego. Preciso deste emprego. Vai fazer-me bem sair, ir para outro lado, conhecer outras coisas. Vai fazer-te bem a ti, também.

– Então tem a ver comigo.

– Tem e não tem. Vê se entendes. As coisas mudam. Alguma vez isto tinha de acontecer. Se não fosse eu a ter aspirações... – Calou-se de repente.

– Sim?...

– Se não fosse eu, serias tu, mais tarde ou mais cedo.

– No meu caso seria mais tarde do que cedo.

Ela fez um ar de censura.

– Nós já não somos os mesmos, Vergílio.

— Já não somos portugueses, não é? Agora somos europeus. Por isso queres ir para a capital da União Europeia.

— Estás a desconversar — disse ela.

— Não éramos europeus — insisti —, nem sequer éramos portugueses. Quem éramos nós, Irene? Vivíamos aqui, estávamos bem...

Eu continuava a desconversar, mas tinha dificuldade em parar.

— E só aqui é que podemos estar bem? — perguntou a Irene.

— É isso que tu não compreendes. Não podemos estar juntos a vida toda. Queremos fazer coisas que não passam pelo outro.

— Fala por ti. Eu não quero fazer nada que não passe por ti.

— Está bem, então falo só por mim. Eu quero fazer coisas que não passam por ti. Já vai sendo altura. Gosto muito de ti, és a pessoa de quem eu mais gosto. Mas preciso de preencher outras necessidades. O trabalho, por exemplo... Este trabalho, em Bruxelas.

— O trabalho... e que mais?

— Não sei, Vergílio. Não sei tudo o que o futuro me vai trazer. Mas eu vou à procura. Há uma vida para ser vivida.

Deixámos o silêncio envolver, e tornar mais nítida, esta sua última frase, como se fosse o coroar da sua argumentação. A Irene fitava-me com olhos que não pestanejavam, o que, no caso dela, significava determinação. Pressenti que ela já devia ter reflectido muito nisto: o que para mim era surpresa, para ela devia ser o resultado de uma longa premeditação. Incomodava-me a ideia de parecer amuado aos olhos dela. Mas já era tarde. Irene percebera-o.

— As coisas mudam, Vergílio — tornou ela. — Não podes achar que vou para Bruxelas para fugir de ti. Quando começas com as tuas elucubrações...

Era a deixa de que eu precisava ouvir para restaurar toda a glória do passado. Imitando o truque retórico do professor Emanuel, que a Irene conhecia porque eu lho revelara, eu disse:

– Elucubrações? Deverei recordar-te que a etimologia da palavra elucubração...

– Pára, Vergílio – cortou ela, com o mesmo tom de calma constante, de quem não se deixaria influenciar.

A Irene já não achava graça a esta paródia do professor Emanuel. E se ela já não achava graça a isto era porque, decididamente, já não era a mesma Irene. Mudara. Exortava-me à mudança. Mas eu fiquei mudo.

19
Espera e adiamento

Enquanto nos encaminhamos para o portão Gabriela vai sempre falando:

– Depois, senhor Vergílio, já se sabe... O comprador, quando aparecer, há-de querer ir à Conservatória do Registo Predial ver os documentos do terreno. – E acrescenta, num tom descontraído: – Para se certificar de que o terreno não está com alguma hipoteca... Eles fazem sempre isso, não conhecem a pessoa, é natural.

– Claro.

– Então, senhor Vergílio, tenha um muito bom dia.

Estende-me novamente a mão, que aperta com energia, nem muito depressa nem muito devagar.

– Ah, tem aqui o meu cartão, com os contactos actualizados.

Aceito o cartão e, enquanto o guardo no bolso, apercebo-me de que falei muito pouco. Praticamente deixei-me conduzir por esta agente imobiliária na minha própria casa, na paisagem original da minha vida. Ela controlou o processo todo e eu trotei atrás dela. Deveria ter falado mais, ter mostrado que já sabia tudo, mesmo que não soubesse. Porque é que tenho a sensação de que ela, tendo-se apercebido da minha passividade, me olha com condescendência?

O fotógrafo aperta-me também a mão, sem uma palavra. Os dois hesitam sobre quem passa primeiro pelo portão. Ela olha para ele como que em desafio, ele detém-se para lhe dar passagem, nesse segundo de espera ela alisa o cabelo, ele segue-a tamborilando os dedos na máquina fotográfica.

Tranco o portão e volto a entrar. De repente, algo me atrai nos corredores escuros, na parte desactivada da casa. Por um instante, parece que pairam ali restos de luz dos *flashes* da máquina do fotógrafo, como fogos-fátuos. Aproximo-me e uma outra cena se ilumina, inesquecível. Sobre este mesmo soalho estragado a Irene às vezes corria e deslizava, no meio de risadas. Então o soalho estava sempre limpo, encerado, tratado. Ela começava a correr desde a ponta do corredor; quando ganhava embalagem suficiente estacava e seguia deslizando como se estivesse em cima de patins, apenas calçada com umas meias grossas, e ria, ria, e o rabo-de-cavalo baloiçava-lhe como se quisesse, à sua maneira, participar na brincadeira. Agora o corredor está escuro, sem luz eléctrica, o soalho está impraticável, as tábuas soltas e rangentes, e a Irene já não está aqui. Estou só eu, e a escuridão, e as minhas memórias mais vivas, porque é na escuridão reinante que elas gostam de brilhar, impalpáveis, triunfantes. O meu passado ambiciona ser o meu futuro. Arqueólogo amador da vida que se tem desenrolado entre estas quatro paredes, reconstituo os seus materiais originais, os seus primeiros objectos que, assombrosamente, coincidem com os objectos concretos que toco, nos quartos onde me movo. Há ecos e sinais espalhados na penumbra das salas que me fogem e perseguem como demónios familiares travessos. Compreendo agora que a vida que nos cabe viver não é a descoberta de algo novo, de algo distante: é a realização do que já existia condensado à partida. Mais do que o desejo do novo, do diferente, o que há é uma constante repetição. O passado não desaparece nem se transforma, antes se enrodilha no presente, aninha-se neste, na posição fetal, embrião que dorme e sonha, capaz de novos desenvolvimentos.

Até quando vou continuar a viver neste adiamento de tudo, nesta preparação que não me prepara para nada, que apenas se recreia a si própria? Dediquei tempo demais a observar as flores e as plantas, que deixei morrer, e os prédios novos em frente ao portão, limite da cidade que se prepara para engolir esta casa. Vivo entre o que fui e o que serei. Talvez este intervalo seja o meu auge. Demasiado tempo agi na vida como se me visse de fora, espectador de um filme. O meu corpo capta a minha atenção e intriga-me, como quem observa uma marioneta e tenta adivinhar o segredo da sua mecânica, os movimentos que animam os seus membros de madeira pintada. Observo e tento entender os meus próprios membros, que vejo mexerem-se, e chegam a parecer-me não meus, mas próteses como as do tio Horácio.

Fui precoce em algumas coisas e incrivelmente atrasado noutras. Tenho passado pela vida sem atentar em coisas essenciais. Viverei até poder narrar uma lenda pessoal que me sobreviva, deixada à memória de alguém, nem que seja a um desconhecido num encontro fortuito. Vivemos despedindo-nos. Se esta descoberta não me vibrar um golpe fatal, há-de reconciliar-me com o meu destino humano. A nossa máxima realização coincide com a sua própria perda, como aquelas pinturas antigas encerradas no fundo de catacumbas depois de muitos séculos de clausura que, ao serem tocadas novamente pela luz e pelo ar fresco, se revelam e desvanecem ao mesmo tempo, como uma miragem ou um resto de sonho; os que descobrem essas obras escondidas só têm tempo de as ver no próprio instante em que elas se vão apagando.

Sofrendo da doença familiar do irrealismo, eu soltara sonhos ferozes e agora eles iam morder-me, rasgar-me a pele. Para me realizar, ia ter de pôr em risco, quem sabe, a minha integridade física. Em cada minuto desperto para a consciência de que existe uma vida para ser vivida, e nesses constantes despertares estremunhados consiste a minha vida, mais do que em vivê-la. Estou no acto incompleto de acordar, mas não totalmente desperto ou lúcido. Não são os nossos sonhos mas o que chamamos vida real que são construções precárias de areia na praia.

Toda a minha vida foi uma preparação para algo que nunca chegou, ou a que eu nunca cheguei. Pensei que ia ter tempo para tudo. Esqueci-me de que o tempo não é só aquilo que nos faz viver mas também morrer. Induzia em mim mesmo um sono da vida, uma viagem sem retorno à vista, uma morte provisória para essas caras e esses nomes com quem deveria estabelecer relações, afinidades. Inúmeras foram as vezes em que morri para os outros, me achei morto para todos, mas o toque para o recreio ou a mudança do semáforo na estrada despertava-me. Tantas vezes tive de ressuscitar para apertar os atacadores dos sapatos ou girar a maçaneta de uma porta. Das minhas incursões pelas províncias da morte era obrigado a regressar repentinamente quando a minha mãe me chamava para o almoço ou um transeunte me interrompia para perguntar as horas. A vida é um jogo combinado, como as crianças que brincam aos adultos e não conseguem evitar interromper os seus papéis com birras, ou que suspendem por instantes o jogo com risadas que quebram a pose estudada das personagens que imitam. Há um resíduo de inverosimilhança, um obscuro acordo infantil do qual podemos, a qualquer momento, denunciar as bases, romper o fio ténue que sustenta a ilusão do cenário e da interpretação. Para regressar aonde? Para despertar para o quê? Toda a gente falha a vida. Não há outra hipótese. Só existe uma vida pessoal porque se falha a outra, a que gostaria de se ter tido. A condição de vivermos a vida que nos conhecem é falhar essa outra, imperecível. Tenho feito da vida um intervalo suspenso entre o começo e o fim, um intervalo esticado ao máximo. Sou estranho ao que fui e ao que serei. Em que sombras me movo agora, neste intervalo? Talvez na verdadeira vida. Na nossa família sempre sofremos de um excesso de preparação. Os projectos e os sonhos eram belos em si mesmos, justos, inatacáveis. Tentar realizá-los seria pô-los em risco. Demasiado ambiciosos, negligenciámos as bases grosseiras que edificam uma vida real, tornámo-nos inábeis para lidar com a parte de realidade que deveria ser manipulada para concretizar intenções, objectivos. Sonhámos tanto e tão alto que desperdiçámos a realidade, incompatibilizados que estávamos com ela.

Refugiei-me nas minhas próprias expectativas nunca esgotadas, que eram só o preâmbulo de uma vida eterna, bela, inesgotável como uma mina. Os tesouros que poderia ter fruído guardei-os numa caverna, medroso e avaro, e esqueci o caminho secreto que aí conduzia. Como um louco, vejo-me a deambular sobre as rochas e os calhaus, já incapaz de distinguir os traços que deixara para me guiar. Talvez não haja nada para procurar ou descobrir e apenas a procura e a expectativa da descoberta sejam reais. Talvez a paisagem verdadeira da vida sejam as rochas e os calhaus onde erramos como loucos, e nos iludamos com a história de uma caverna onde outrora escondemos os nossos tesouros, tendo depois esquecido o caminho para lá entrar. A vida plena que eu adiava nada era em si mesma, só o devaneio e o adiamento tinham importância. O que eu tomava por preâmbulo da vida verdadeira devia ser a vida em si mesma. O que eu julgava ser preparação era já a realização máxima. A experiência preparatória era toda a experiência.

Tenho tanto o hábito de lidar com as pessoas só em imaginação, no meu sonhar-me e sonhar os outros, que me parece que os mortos não estão mortos, interajo com eles como sempre fiz e a sua morte não veio modificar nada. O tio Horácio, os avós que conheci e aqueles que não conheci pessoalmente, figuras da minha vida interior com quem me esqueci de falar realmente, que não procurei tanto como devia, a cujo funeral compareci como se não estivesse a acontecer. Adiei tudo o que lhes quis dizer, deixei para mais tarde o que lhes queria perguntar e ouvir deles, e morreram e apercebi-me de que adiei sempre. Mas talvez ainda lhes pergunte e eles me digam coisas, se o sonho continuar, se eu continuar sonhando que vivo. Nada de exterior me modifica.

20
O sonhador

Tomei a decisão, a decisão que amadurecia lentamente dentro de mim desde criança. Já não vou ser um investigador científico. A minha autêntica vocação é escrever. Se desde cedo me considerei escritor, só tinha de dar o passo decisivo: abandonar a atracção enganosa que a ciência exerce sobre mim e viver, finalmente, para escrever.

Senti-me revigorado com isto e fui passear para o jardim da casa, animado por uma maneira renovada de olhar para as coisas. Sentia-me íntimo do mistério das coisas, seja isso o que for. Tudo, agora, repentinamente, me parecia claro, coerente, o Universo era uno e esplendoroso sem deixar de ser terrível. Pela primeira vez na minha vida, achava-me lúcido. E tudo porque me reconciliei comigo próprio.

Observando o jardim arruinado da minha mãe, sonhei outros jardins, todos os jardins havidos e por haver. Quantos jardins, quantos pomares, já prosperaram e murcharam deste a aurora da civilização, desde que há jardineiros no mundo! Assim como os frutos amadurecem e apodrecem, e as flores murcham, e as árvores secam, também os jardins, depois de conhecerem o máximo esplendor, têm de definhar e morrer. Os Jardins Suspensos da Babilónia caíram. Quem os arquitectou, plantou e regou pode ter pensado que eles durariam para sempre, como a ordem política que os inspirou, que depositou na mão do jardineiro a sua primeira semente, sem suspeitar de que só seriam imortais na memória dos vindouros, essa, sim, eternamente *suspensa*.

    Uma tarde, à porta de casa, depois do almoço, amodorrado pelo calor e pela digestão, procurei uma sombra debaixo de uma árvore vandalizada por uma hera que a cobrira por completo e penso que dormitei durante duas horas. Nessas duas horas de sonolência leve e entrecortada, recordei coisas que nunca vivi mas que existem no fundo da minha memória, ou de uma memória genética que atravessa milénios e passa de pais para filhos para se reacender momentaneamente, sob condições favoráveis. Todos nos fundimos com a lenda e o mito, porque estamos ligados aos homens do passado mais remoto, aos tempos primordiais, perdidos na sombra. Há uma ligação que nos puxa irresistível e vertiginosamente para trás, cada vez mais para trás, num recuo que vence todos os obstáculos, restaurando estados anteriores e mais próximos das origens, sempre mais além, até ao sonho da origem impossível de representar mas para onde tendemos irresistivelmente.

    Eu sonhava ou estava acordado? Estava a adormecer ou a acordar, a ceder ao sono ou a forçar a lucidez? Por momentos, acreditava não haver diferença entre adormecer e despertar; acordando, ia encontrar o mesmo que me acontecera em sonhos. Frequentemente sonhava que estava acordado sem me aperceber de que era sonho; julgando-me acordado, estava a dormir; acordava de sonhos que eram sonhos dentro de sonhos, acordava para um sonho maior, para que o mesmo interminável sonho prosseguisse nos seus capítulos e subcapítulos. O sono que me embalava, à sombra da árvore decadente, despertava memórias da espécie conservadas no núcleo das minhas células, legado biológico de experiências velhas de milhares e milhões de anos, desencadeava o rememorar natural das células, onde resíduos de eras mortas ganhavam novamente vida, regressavam para provocar os devaneios da matéria da vida condensada no corpo e no espírito daquele que, sozinho, assim sonhava e rememorava.

Nas águas primordiais formaram-se estruturas, esboços dos primeiros seres, protozoários nadadores e proteiformes, mestres das metamorfoses que iam expandir as possibilidades nascidas desse mar imbuído da energia das tempestades, fecundado pelo fogo do céu e das entranhas da terra. Formas indecisas de vida flutuavam, tentando resistir à dissolução que afinal as destruía, porque ainda era breve, muito breve, a sua existência incipiente. Mal conseguiam impor-se à pressão externa que as eliminava e repunha um estado anterior de coisas. A vida teve de contrariar a tendência geral da matéria para a reposição do estado de não-vida, como se a vida fosse, e não pudesse deixar de ser, uma emanação logo reabsorvida e anulada. A tarefa vital por excelência era resistir à anulação. A vida era uma ousadia, uma experiência arriscada da matéria, perseverante e insistente, que se opunha àquela força que retorna ao inorgânico e ao inconsciente. Luta surpreendente, oposição entre a variedade exuberante das formas vivas e a sua desintegração, duelo interminável e estimulante entre evolução e extinção, vida e morte, ser e nada. À proliferação das formas avançadas de vida seguiu-se a extinção de quase toda a vida. A colisão de um asteróide com a Terra gerou uma energia avassaladora, fez levantar uma vaga sísmica que abalou as fundações dos continentes, um sopro de calor cremou todos os seres vivos que encontrou pelo caminho, os detritos projectados no espaço caíram como bolas de fogo que incendiaram as florestas, milhões de toneladas de cinzas e escombros lançados para a atmosfera bloquearam a luz e o calor, uma chuva ácida envenenou a camada superior dos oceanos. As trilobites, que dominavam o meio aquático, extinguiram-se. Mas a vida persevera nas ruínas de um mundo para se reinventar a si e aos mundos. Mais do que um apocalipse semelhante aniquilou formas de vida e permitiu que as sobreviventes prosperassem, até ao cataclismo seguinte. Da sucessão destes dramas terrestres, destes cataclismos cósmicos, emergimos nós, os únicos conscientes desta história e que, por isso, temos a pretensão de ser as suas personagens principais. Mas quem somos *nós*? Que força nos trouxe a este lugar, a este momento preciso? Que formas de vida tiveram de existir, apareceram e desapareceram, para existirmos? Quantas eras geológicas, quantos milénios de cultura se sucederam para criarem a nossa paisagem, a nossa casa?

Um ser simiesco teve de descer das árvores e viver no solo das savanas, o primeiro de uma longa cadeia de antepassados que seguiram as chuvas e as manadas, comeram carcaças de animais mortos, moldaram instrumentos de pedra e sonharam com as garras dos leopardos, aprenderam a falar, a pescar e a caçar, a enterrar os mortos. Houve quem captasse o fogo que se ateara por acção do Sol nas ervas secas. Grande era o seu maravilhamento ao ver as chamas de uma fogueira projectarem sombras das mãos e dos corpos nas paredes dos abrigos. Dentro do foco de luz, abrangido por essa irradiação vibrante, ficava tudo o que era conhecido pelo humano; fora desse foco luminoso, persistiam as forças obscuras do mundo, o desconhecido, o estranho, o nefasto e a morte. Nesta interminável cadeia de antepassados houve quem abandonasse a caça e a recolecção de frutos e passasse a cultivar a terra e a criar os animais. O arado e a enxada feriam a terra mas entravam em acordo com ela, rasgavam-na à superfície mas solicitavam das suas entranhas uma dádiva que resultava da fecundidade e do trabalho. O lobo, o cavalo e o falcão foram domesticados. O Homem era o criador e mestre de outros animais. Os impérios dos rios floresceram em zonas irrigadas, vales férteis de água e vida. Civilizações nascidas desse húmus inventaram a roda e a olaria, as ciências e as artes, códigos de leis, escolas e parlamentos. A explosão de uma estrela, uma supernova, estrela colapsada que emite ondas de rádio, que foi tão brilhante no céu como um segundo Sol, que à noite ofuscava a Lua, que cresceu, depois diminuiu, impressionou vivamente os Sumérios e despertou neles o desejo de registar a visita de um deus. No primeiro símbolo da escrita, uma estrela, estava completado todo um ciclo cósmico na Terra, que ia do pó estelar que dera origem ao planeta até à invenção da escrita, obra-prima da consciência, inspirada na explosão celeste vista e interpretada por esse que mais tarde se veio a nomear *Homo sapiens sapiens*.

Cenários há muito desintegrados reconstituíram-se-me nitidamente. Aí eram gerados os embriões dos heróis e dos grandes viajantes que, sobre a terra inculta e fértil, desenharam os seus sinais e assinaturas. As gerações humanas, laboriosas, lentas, perseverantes, mudaram o rosto da Terra para nela esculpirem o rosto humano. Foi-me dado ver pedreiras cheias de operários que, como formigas movimentando cargas muito superiores ao seu tamanho e peso, levantavam blocos enormes de pedra para erguerem templos, túmulos, estátuas. Arrancavam do corpo da Terra os materiais que iam adoptar uma forma humana e, resistindo ao tempo, rivalizar com as montanhas e as florestas, os rios e os lagos, as obras humanas que iriam competir com as formações da Natureza, o tempo contado pelos humanos equivalente ao tempo geológico e mineral, aspirando a confundir-se com este para imitar as obras dos deuses e se integrar no devir cósmico. Os homens impunham à paisagem a sua própria forma, moldavam a paisagem e a configuração das constelações à sua imagem e semelhança, em toda a parte engendravam ou reconheciam a matriz humana. Como frisos de um templo antigo, desenrolavam-se as gerações sucessivas oriundas de todos os pontos cardeais, os reis antigos, os heróis da lenda e do mito, os deuses arcaicos cujo nome foi esquecido pelos homens, as hordas selvagens e os exércitos que, em fluxos que duraram séculos, vieram do Oriente para o Ocidente e recuaram várias vezes, deixando de cada vez a morte, o caos, mas também uma nova inspiração e uma nova arquitectura, novas palavras e religiões, música nova, uma consanguinidade violenta e criadora que moldava povos, forjava raças e mitos; camponeses que trabalharam na terra uma alquimia de Sol, húmus, suor e ritos de renovação cósmica; e tudo isso que vi senti-o na massa do meu sangue e fiquei aterrorizado e feliz com a morte. Porque tudo isto existia porque há a morte, e era a morte que fazia isto e provocava isto. Vi cidades prosperarem e depois desfazerem-se, confundidas com o deserto que as envolvia. As estátuas e as obras de reis desapareceram na areia e na noite, os seus nomes perdidos pela memória dos que nasciam, os seus despojos enterrados e aguardando serem desenterrados. Ali estão os brasões, os elmos, o recorte dos castelos e praças-fortes anunciando à distância um poder que não se pode perder nem conquistar sem vertigem.

A juventude quebrava as leis dos pais e criava novas leis, depois esses que eram jovens entravam em declínio físico e apagavam-se na senilidade; assisti aos seus funerais, participei nos ritos dos mortos, vi as efígies pintadas e esculpidas, as múmias encerradas nos mausoléus. O nascimento do ventre da mãe, o crescimento lento mas perseverante, a decrepitude e a morte – eis a pequena escala em que o drama humano se desenrolava, do feto à velhice, da gestação à morte, e cada homem ou mulher que se sonhava deus ou herói era tão somente mais um elo da grande cadeia hereditária que, decomposta nos seus elementos, era patética e trágica, mas que, quando recomposta na sua unidade supragerational, podia engendrar símbolos, emblemas e mitos, deixar marcas no planeta, competindo com os vulcões que moldaram a forma dos continentes e com os oceanos que esculpem as margens da Terra. Cada vida humana não era mais do que uma etapa de um ciclo maior que se espalhava pela superfície do Planeta, que sondava o fundo dos mares e perscrutava as estrelas e as galáxias, e que em todos esses lugares próximos e distantes repetia os mesmos símbolos antigos, transportados nas letras, nos números, nas formas codificadas que ordenavam o caos e a diversidade. Vi os humanos fazerem, ao longo dos milénios, essa corrida de estafetas, em que cada geração transportava e entregava à geração seguinte o princípio germinativo e procriativo, a semente da perpétua regeneração, garantindo o eterno retorno e a espiral da vida. O plasma germinal, oculto no corpo como uma relíquia, era a coisa mais importante para os humanos, era a condição necessária para a vida. Mas esse corpo era uma urna e esse fogo, extinto, era já a cinza encerrada na urna, se a transmissão não fosse feita a tempo. Cada indivíduo passava pelo júbilo e pela derrocada, resumindo tudo o que era e tudo o que já fora numa célula germinativa que, ao encontro de outra célula receptiva, fabricava a geração seguinte, a qual, do sonho da eternidade à consciência da morte, iria repetir o mesmo modo de existência. Depois de lançarem e cuidarem da semente, os homens e as mulheres envelheciam mais tranquilos, como se o mais importante estivesse feito. Uma criatura humana, recém-nascida, era uma promessa de eternidade que exaltava e comovia os pais. Sobre um bebé recém-nascido podia ser depositada toda a esperança de um povo, o futuro de uma nação, a sobrevivência de uma religião. A esperança e o futuro refulgiam, como sementes prestes a rebentar, nesses pequenos seres que ainda mal balbuciavam as palavras dos pais. O vigor incipiente dos recém-nascidos desenvolvia-se, expandia-se, especializava-se em castas de guerreiros, no esforço braçal de camponeses, pescadores, mineiros, na vocação sacerdotal, na ocupação intelectual e artística, no zelo administrativo e burocrático. Alguns homens cultivavam a sua pequena horta; outros, esquecidos do lugar de origem, iam para ilhas e continentes distantes desbravar florestas e chicotear homens de pele mais escura; outros trabalhavam a madeira; outros impunham a ordem pública com recurso à força das armas; uns comunicavam directamente com os deuses, outros recebiam, temerosos, o resultado dessa comunicação; outros extraíam metais do subsolo; uns eram senhores, outros eram servos; uns eram patrões, outros eram empregados; todos morriam. Em todos se fazia alguma forma de criatividade e germinação. Feneciam como as árvores, delegando nos seus frutos já separados a perpetuação de si próprios e da sua obra. Vi-os enrugarem e ficarem quase imóveis, passando a procurar mais o repouso do que a acção, mais propensos à revisão do seu passado e das suas tarefas do que à aventura do futuro, atraiçoados pela memória; vi-os mirrarem e enrolarem-se em si próprios como a tentarem tornar-se múmias, última resistência à morte que, todavia, só a confirmava. O mais caro sonho, também o mais intangível, era a imortalidade, e a existência de crianças embalava nos homens maduros esse sonho doloroso.

Era a morte e a sua inspiração que assustavam os homens, que nisso pressentiam um desígnio fundamental, uma lei que regia a substância de tudo o que era vivo. Uma floresta, um mar, um céu cheio de nuvens carregadas de fogo, a presença forte do Sol, tudo isso assombrava os homens, arrebatava-os, comovia-os e aniquilava-os. Filhos da Natureza, os humanos tinham para com o corpo fecundo da Mãe uma relação de horror e atracção, de repulsa fascinada. Evitavam e procuravam a diluição nesse corpo matricial e macabro, porque era nele que nasciam e morriam, dele eram originários e nele eram enterrados quando mortos. As obras dos humanos eram facilmente dissolvidas e destruídas pela Natureza que, na sua omnipotência, usava constantemente a aniquilação como um momento da criação. Uma enxurrada de lama levava misturadas casas, jardins, pessoas, animais, árvores.

Uma tempestade, um tremor de terra, um incêndio causado por um raio, confundiam todos os materiais na sua portentosa devastação. Era o refazer momentâneo da Natureza, que continuamente revolve e pulveriza as coisas mínimas para redimensionar as grandes formações geológicas, marinhas e climatéricas. Os humanos sabiam-se parte das pequenas coisas, mas tendiam a esquecer-se disso. A morte lavrando o seu trabalho nos campos da vida, a morte realizando as suas repetidas incursões nos domínios mutáveis e transitórios da vida, tinha um aspecto maternal, como uma origem, como algo de primordial que perpetuamente se repete. A morte era um sono, tão semelhante ao sono das origens do feto escondido no útero, sono da semente guardada na terra, do Sol preparando o eclodir da manhã, do ovo encerrando o pulsar fraco e inicial de uma forma de vida, da doença latente incubada pacientemente no interior do corpo daquele que ainda se julgava são. Originários da terra, os humanos deveriam a ela retornar, copiando o exemplo das sementes, enterrados e disseminados, reabsorvidos pelo corpo que os gerara e mantivera, aí reintegrados uma vez mais e sempre. A morte semeava e colhia, e era sempre vida o que ela semeava, que ela levava ao amadurecimento, para depois, novamente, desintegrar em sementes capazes de novos florescimentos.

No grande drama que se desenrolava no Planeta, com todos os seus figurantes vegetais e animais, a personagem principal não eram as trilobites, que proliferaram durante milhões de anos e se extinguiram; não eram os dinossauros, que dominaram e depois desapareceram; não era sequer essa cobertura verde de árvores com raízes fundas na terra e uma rede capilar de vasos que captava a luz do Sol e a reconvertia em oxigénio que enriquecia a atmosfera. A personagem principal era, afinal, a linguagem verbal, obra maior da inteligência do primata humano. A personagem dramática de maior relevo eram as palavras faladas, as palavras escritas. Com elas a vida falava de si para si mesma, reconstituía toda a sua história, investigava as suas origens e a sua natureza. A vida humana buscava-se a si mesma nas palavras, e com elas inscrevia o seu destino no todo da vida. Eu tinha feito bem em investir tudo nas palavras, na imaginação verbal que constitui a vida verdadeira – e isto desde que me deixara imbuir pela cultura familiar, atento aos privilégios que os meus pais concediam às palavras. Os meus pais tinham-me já indicado toda a verdade, que eu agora redescobria ao fim de muitos esforços e atrasos por veredas intermináveis que iam convergir ao ponto de onde partira. O termo, o princípio e o meio eram coincidentes, eram feitos de palavras – suspensas, eternas e simultâneas.

De repente, desvendou-se perante mim um céu claro, uma paisagem de oliveiras e moitas no topo de uma colina que ficava nos arredores de uma cidade branca e ensolarada, com o mar azul e morno a brilhar lá em baixo. Vi que estava a descer os degraus de um anfiteatro escavado na rocha. Várias pessoas estavam sentadas no semicírculo de pedra, atentas ao que se passava no centro. Olhei e vi que se representava uma peça, jogo de aparições e desaparições, de sombras e passos que se aproximam, encenação de antepassados e fantasmas, indagação do mistério das origens e da construção do futuro. Actores, alguns deles com o rosto coberto por uma máscara, faziam ouvir a sua voz que ecoava por sobre o anfiteatro e davam a ver os seus gestos e posturas cheios de significado. Era o *Rei Édipo*, de Sófocles. Representava-se a história do mais desgraçado de todos os homens. Édipo, depois de ascender à posição de rei, como recompensa por ter livrado Tebas da tirania da Esfinge, que colocava enigmas indecifráveis aos viajantes e os matava, quer descobrir quem matou Laio, o rei que o antecedeu e que deixou Jocasta viúva. Tirésias, o vidente cego, bem o avisa: «O dia de hoje vai ser para ti de vida ou de morte.» À medida que o inquérito prossegue, já não pode enganar-se mais a si próprio: um homem que ele matara por um motivo fútil era Laio, seu pai, e Jocasta, com quem agora estava casado, era sua mãe. O coro exclama: «Ai, ilustre Édipo! O mesmo porto foi grande bastante para aí repousares como filho e como pai!» Jocasta suicida-se. E Édipo, descobrindo-se parricida e incestuoso, fura os olhos para não ver a sua própria desgraça e grita: «Oh, a medonha nuvem da minha noite, que sobre mim ruiu, infanda, irrecuperável e imensa!»

Do pó e dos gases estelares que, condensando-se, deram origem ao planeta Terra, até ao drama contido nesta peça teatral, havia uma continuidade, sobressaltada por muitos acasos, acidentes, mutações, desenvolvimentos em espiral, mas onde um fio condutor persistia ao longo de 4600 milhões de anos. Ao assistir à soberba e ao declínio do rei Édipo, eu lembrava-me do *Homo erectus* a esquartejar afanosamente o corpo de um animal abatido, na urgência da fome, na angústia da proximidade de um predador a rondar, lembrava-me do *Homo sapiens* primitivo a brincar com a sua própria sombra projectada pela fogueira na parede da caverna, e comovia-me relembrar essas coisas, sabê-las tão peculiares a estes homens e mulheres que representavam e assistiam, aqui, neste anfiteatro, à tragédia do rei de Tebas. Quando reconheci a ligação entre estes actores, virtuosos da fala, donos eloquentes da palavra, e os seus remotos antepassados selvagens, percebi, ou julguei perceber, num relance, todo o drama tragicómico dos humanos. Édipo fugira a um destino funesto sem saber que era a fuga que o precipitava para o próprio desenlace que queria evitar. Aquele que se revelara talentoso a desvendar os enigmas da Esfinge teve de decifrar o enigma da sua própria vida, descobrir-se estranho a si próprio para finalmente se conhecer. Era isto, então, próprio do humano, verdadeiramente fundador do humano? O culminar de uma evolução lenta, antiga de milhões de anos, era a auto-interpretação, sempre incerta, nunca acabada, submetida ao tempo, o Homem intérprete do seu próprio destino e daquilo que lhe acontecia. Mas o destino do Homem não foi revelado.

    O sonho ou visão mudou, e surgiu ante os meus olhos um palácio, onde uma cultura avançada tinha arrumado e agrupado as obras mais representativas da sua ciência e da sua arte, a começar pela própria arquitectura do edifício e continuando nos objectos que ele continha e nas pessoas que o habitavam. Havia sons musicais ecoando pelas paredes claras do palácio, pelas sombras frescas dos jardins bem cuidados. Pequenas aves em gaiolas emitiam cantos; riso fresco e claro de raparigas e rapazes era audível nos pátios, nos claustros, nas varandas e terraços. Dos jardins vinha o som agradável e cristalino de cascatas em miniatura, riachos artificiais, jogos e efeitos de água graciosos que surpreendiam o passeante, que induziam um estado de espírito contemplativo e calmo no passeante, amigo das brisas ligeiras nos galhos copados, amante da tranquilidade fresca desta vegetação regada e das melodias suaves, umas naturais, outras artificiais, que ali encontravam os seus ecos e estendiam os seus mistérios. Elegantes colunatas envolviam tanques, onde boiavam plantas aquáticas e nadavam peixes coloridos. Estava a passear neste jardim, onde senti uma presença mover-se, rodear-me, abraçar-me – como se me chamasse e ao mesmo tempo se escondesse. Que presença ou criatura era essa, notória e furtiva? Era, afinal, a água, que um inteligente sistema de irrigação trazia das montanhas situadas a algumas centenas de quilómetros. A mesma água selvagem que na montanha se precipitava em cascatas furiosas e barulhentas, impressionando como uma besta acossada, mas que aqui, canalizada, dirigida, encaminhada para circuitos ascendentes e descendentes, segundo efeitos circulares, espirais cuja finalidade era estética, aqui obedecia à intervenção dos habitantes do palácio e da cidade. A mesma água que não conhecia mestres na montanha aqui deslizava plácida sobre lajes multicoloridas, reflectia cores e luzes, distorcia os desenhos pintados no fundo dos tanques, oferecendo ilusões de óptica de uma geometria intocável e submersa. Pequenas cascatas, regatos, repuxos, bicas, esguichos e torneios reproduziam em escala doméstica, para regalo e entretenimento da vista, o próprio fenómeno natural das águas da montanha, emitiam uma sonoridade ligeira, agradável, como se a tecnologia da irrigação, escondida nos tanques, enterrada sob a relva fresca, disfarçada nas colunas, nos rebordos, nas lajes, fosse um instrumento musical que dava ao fluido que nele circulava esta outra utilidade. Era um resultado das obras humanas, imitadoras e domesticadoras da Natureza, e era também mais um sortilégio da água, para além de acalmar a sede das plantas, dos animais e das pessoas e de tornar a vida florescente. O deserto, não muito distante, ameaçava perpetuamente o palácio e a cidade com as suas emanações tórridas, as suas miragens cruéis e fatídicas. Uma sombra pairava sobre tudo o que era vivo. O som de uma harpa evolava-se de uma janela do palácio, flutuava sobre as árvores de fruto; do fundo do parque respondiam-lhe pássaros escondidos. Num lugar assim a vida decorria cheia de facilidades, nas condições mais favoráveis para o espírito civilizado. Nada ali era provisório ou vacilante, mas tendente a fazer prosperar a substância do espírito, como frutos de ouro que nascessem daquelas mesmas árvores, ali plantadas e podadas por mão humana. As plantas e as flores estavam agrupadas segundo critérios determinados; legendas apensas indicavam ao curioso o seu nome e proveniência. O jardim simulava uma ordem natural, como se propusesse uma coincidência entre a Natureza e o conhecimento desta, a coisa e a sua representação tornadas equivalentes, corrigindo a impressão de um conhecimento que só pode ser defeituoso e impreciso. O jardim era uma academia; a árvore era um manual; o ramo de flores era um álbum de pranchas coloridas. Vi-me a passear neste jardim, eu e ele banhados numa suave luz dourada que um clima primaveril fazia cair da copa das árvores, uma luz que parecia flutuar como uma poalha de ouro, sublimação do Sol em cada coisa, neblina cintilante que, longe de ocultar fosse o que fosse, tornava todas as coisas mais claras e tudo suavizava. Ouvi, de repente, um canto, ou algo parecido com um canto, mas que eram afinal duas vozes musicais, como uma harpa a que respondesse uma flauta. Duas vozes humanas vinham do arvoredo; alguém conversava ali tranquilamente, duas vozes educadas, e num primeiro momento, mais do que ao conteúdo, fui sensível à sua musicalidade entrelaçada. Nestas vozes, o grito primal estava abafado como um resíduo selvagem adormecido. As vozes nada pareciam ter a ver com o estertor, o gemido, o grunhido ou o grito; eram cultas e veiculavam pensamentos superiores, e dificilmente se poderia crer que houvesse um resto animalesco depositado no seu fundo. Deste palácio emanavam os ditames do governo dos homens, e um ideal estético, moral e pedagógico era apresentado aos contemporâneos e aos vindouros como um modelo. Naquele ambiente, altamente favorável ao trabalho do espírito, exemplos e alegorias eram construídos para ilustração dos homens, para o seu fortalecimento moral, para moldar caracteres robustos e leais a si próprios. Era promovido o livre arbítrio, mas também o controlo de si e a nobreza de carácter, tudo o que trabalha para o progresso do humanismo. Domesticando-se, à medida que domesticava outros animais e a Natureza, o Homem era o principal exemplar, o espécime mais notável que ali vivia, separado da vegetação inculta que espreitava pelas fissuras dos muros, posto a salvo momentaneamente do sopro assassino do deserto que rondava não muito longe dali. O Homem era o principal objecto de estudo do Homem. Narcisista incorrigível, o cume do seu labor intelectual e civilizacional era, nada mais nada menos, do que uma ideia sobre si próprio.

Esta casa cintilante e protectora, defendida do pó, do calor, do frio, dos animais selvagens, era feita para aquele que fora bem-sucedido em evoluir de comedor oportunista de carne putrefacta, como os seus antepassados remotos, para arquitecto de residências de luxo, canalizador hábil de cursos de água, carpinteiro capaz de afeiçoar a madeira a todas as necessidades domésticas, operário habilidoso a levantar paredes e a equilibrar muros e telhados. Era uma casa para o espírito, uma mansão que podia abrigar qualquer viandante que chegasse fatigado de uma viagem e que, aliás, já abrigava aquele que viajara ao longo de milhares de anos de história humana, de milhões de anos de história não humana e geológica, este lar erguido no seio da Natureza já me abrigava a mim, sonhador que, acolhido nas suas alcovas e nas suas sombras frescas, podia sonhá-la. Quem desenhara, construíra e agora habitava esta casa pertencia a uma estirpe que sobrevivera a eras de gelo, a degelos e inundações, ao sopro abrasador do sol sem sombras próximas, à travessia de desertos e montanhas, que sobrevivera aos seus predadores até extingui-los ou domá-los. E no entanto era frágil, a casa. A violência natural contra a qual fora erguida continuava a existir e a rondar, não muito longe. O deserto, de um lado, bem à vista, continuava letal, e o mar, do outro lado, devorava lentamente pedaços de rocha que recortavam a costa, a cada século mais retalhada; de vez em quando havia notícias de terramotos, mais ou menos distantes, que desfaziam tudo o que os homens tinham feito, relatos de tempestades, de erupções vulcânicas, de exércitos incendiários. A casa era forte e era frágil, mas afinal a precariedade era a sua condição. E eu, o sonhador, que adormecera junto à porta da casa dos meus pais, naquela indolência que acompanha a digestão num dia de calor, ia precisar desta casa para o espírito. Agora que estava prestes a sair da casa dos meus pais e acabara de assumir a escrita como um destino, ia edificar essa outra moradia, letra sobre letra, palavra sobre palavra.

21
Assino a escritura

À volta da mesa redonda somos quatro. O notário coloca no rosto, num gesto lento e fatigado, os óculos de lentes grossas. Tem espessas sobrancelhas grisalhas, e as duas coisas, os óculos e as sobrancelhas, dão-lhe um ar de pessoa concentrada nos papéis que tem à frente. Pouco olha para nós. Quando nos fita, o seu olhar vago não atravessa a espessura das lentes e das sobrancelhas carregadas. Parece mais preocupado com a ordem e a correcção dos papéis do que connosco. Gabriela, a mediadora imobiliária, tem um ar descontraído que deve ser estudado, o ar de quem está habituado a estas coisas e sabe tudo o que vai acontecer. O comprador é um velho com uma fortuna colossal feita à base de compra e venda de terrenos. Tem um bigode branco e farfalhudo que lhe dá um ar patusco e uns olhos muito atentos, que fitam agudamente as pessoas e os objectos, no que contrasta notavelmente com o notário.

Quando me anunciou que tínhamos comprador, Gabriela contou-me a história deste homem. Era um pequeno agricultor que vivia do que a sua horta dava. Um dia, regressando a casa na carroça puxada por uma mula, depois de ter ido ao mercado vender as suas couves e hortaliças, passou por uma estrada rural onde leu uma placa que dizia: Vende-se. A placa referia-se a um pequeno terreno. Parou a carroça, foi falar com o dono do terreno e pagou um sinal com o dinheiro que levava consigo. Ao ar livre, fazendo da carroça mesa de trabalho, redigiu o contrato com o resto do preço a ser pago em prestações, numa letra esforçada de quase analfabeto. Mais tarde viria a conservar, emoldurado na parede do seu escritório, o original do contrato. Chegou nesse dia a casa e contou à mulher o que acabara de fazer. A mulher censurou-o amargamente: o dinheiro que ele trocara pelo terreno era necessário para a alimentação dos filhos. O homem, sem muitas palavras, sem quase se defender, permaneceu convicto de que tinha feito uma coisa boa, como se visse algo que a ela lhe estava a escapar. Continuou a trabalhar a sua horta, mas pouco tempo depois vendeu aquele terreno por algum dinheiro a mais do que lhe custara. Tomou-lhe o gosto a partir daí. Comprou outro terreno maior que veio a vender com um lucro interessante. Foi apenas o começo da sua prosperidade. Enriqueceu imparavelmente até ser, hoje, um dos maiores proprietários de imóveis do País, dono de muitos prédios urbanos e de quintas, fazendas e herdades. Raramente fez um negócio que lhe corresse mal. A sorte protegeu-o sempre. No mundo dos negócios todos lhe conhecem estes começos, que ele se empenhou em divulgar como a sua lenda fundadora. E agora aqui está, à minha frente, fitando-me com os seus olhos perspicazes e intensos. Quando olha assim parece ter sempre segundos pensamentos. Não consegue disfarçar a impaciência que lhe provoca um acto protocolar como a escritura. Olha muitas vezes, já sem disfarce nenhum, para o decote de Gabriela que, por sua vez, desenvolveu um modo de ignorar esse impudor dirigido à sua pessoa. Para mim olha com indiferença, o que eu compreendo. Não quis ir ver o terreno. Aliás, já o conhece, porque há muito tempo que anda de olho nele e manifestou aos meus pais, mais do que uma vez, a sua intenção de o comprar.

A Vida Verdadeira

O notário, consciente de que ninguém o escuta com verdadeira atenção, sabendo que esta reunião é uma formalidade obrigatória, lê a escritura num tom que não se destina a ser percebido: as palavras não se seguem ordeiramente nas linhas do papel, como as carruagens atreladas de um comboio que circula sobre os carris, mas descarrilam, atropelam-se umas às outras, desagregam-se em sílabas soltas, sílabas e palavras chegam a ser omitidas. A voz precipitada e pouco clara do notário salta linhas inteiras, ao ponto de ele próprio perder o fio à meada e ter de voltar atrás, retomar um ponto a partir do qual parece que tudo agora vai ser claro, quando afinal continua tão obscuro como antes. Em certos momentos, detecta uma falha de leitura e interrompe-se bruscamente como quem grita: Alto! Os seus olhos enevoados põem-se a procurar a palavra ou a vírgula onde tropeçou, e eu, o comprador e a agente imobiliária, os três ao mesmo tempo, acordando do nosso torpor, detemo-nos também a olhar para ele, na expectativa, posto o que ele recomeça, e nós, aliviados pela correcção de um erro que na verdade não tínhamos detectado, recomeçamos também a nossa audição desatenta.

Chega o momento de assinar. O notário surpreende-me pondo à minha frente os papéis, sem qualquer indicação, num gesto que me faz recordar um professor enfadado que vai distribuindo as folhas do teste pelas carteiras dos alunos, sem uma palavra, porque nenhuma palavra é necessária, todos sabem o que vão ali fazer. Gabriela, perspicaz, nota a ligeira hesitação com que encaro a papelada e desenha no ar, com a mão que agarra uma caneta invisível, o gesto de assinar. Assino em dois sítios diferentes. O primeiro sítio adivinho logo onde é, o segundo hesito novamente, o notário não está a reparar em nada, é esse o seu estilo, a minha caneta flutua no ar por cima da folha, quase poisa, Gabriela, no seu lugar, faz que não com a cabeça, ponho a caneta a flutuar sobre outro ponto, Gabriela faz outra vez que não com a cabeça, a minha caneta explora aereamente outras paragens da folha, Gabriela faz prontamente que sim com a cabeça e aí assino. Depois é a vez do comprador. Tem um sorrisinho de desdém pelos sinais com que eu e Gabriela comunicámos e, enchendo o peito de ar, põe-se muito direito na cadeira, coloca os óculos para ler e escrever, que certamente só deve usar para ler e assinar escrituras semelhantes a esta, e, orgulhoso da sua autonomia no momento de assinar, redige de modo lento e laborioso o seu nome, naquela letra escolar infantil de quem pouco mais se habituou a escrever do que o próprio nome. Tão enfatuado, tão confiante do seu poder financeiro e da sua solidez de negociante próspero, mas a sua caligrafia é ainda a de criança recém-alfabetizada. Que letra é esta?, perguntava a minha professora. V de Vaca, respondia eu invariavelmente.

22
O centro

A cidade é o lugar das luzes e dos sinais e das regras que regulam a densidade populacional, a vizinhança inquieta e inquietante. É o lugar que, pretendendo evitar o contágio, a violência, a possessão, o crime, acaba por gerar outros fantasmas, movediços como sombras ou manchas de luz. E é para aí, para a cidade, mais exactamente para o seu centro, repulsivo e atraente, que eu me encaminho, para o meio das suas sombras e das suas luzes que mutuamente se geram e combatem.

Nem sequer posso contar à Irene os meus sobressaltos nocturnos, as minhas insónias e os meus sonhos, que dantes partilhávamos como se fôssemos uma só cabeça e um só corpo. A Irene circula nos corredores e nos gabinetes da Europa unida, já não há oportunidade para partilhar com ela estas coisas. Vivemos em planos diferentes. Ela habita a luz, vê com clareza, não se deixa enganar pelos sentidos. Tem percepções correctas. Tem os dias claramente separados das noites. Só faz escuro na sua vida de europeísta convicta quando desliga a luz do tecto ou do candeeiro de cabeceira no seu apartamento em Bruxelas. Adoptou um estilo de vida administrativo onde os regulamentos e as normas são limpos de equívocos e mal-entendidos. Dorme tranquilmente quando chega a noite à Europa e o horário regular a manda ir deitar-se. Eu é que me movo nas trevas, tacteio em direcção a uma claridade que está por definir.

Não me falta passado. As lendas familiares e toda a história humana anterior à minha família e que me pertence tanto como a minha história pessoal. Olho para trás, para as gerações humanas, a infinita cadeia de antepassados, e tenho uma vertigem porque as vejo confluir na minha direcção. Resta-me saber como é que isto vai continuar. Falta-me um futuro. Que vou fazer? Que tarefas me aguardam? Vou construir alguma coisa nova, acrescentar algo? A Irene hesita muito menos do que eu. Ainda me há-de escrever a dizer que conheceu um homem, que vão casar-se, ter filhos – não necessariamente por esta ordem. Quando o conhecer, terei uma ou duas coisas negativas a dizer sobre ele ou calar-me-ei? A Irene costumava demolir as minhas candidatas a namoradas e divertíamo-nos com isso. Talvez não valha a pena pôr-me a dizer mal do seu marido. A Irene diria que já não somos os mesmos, que mudámos.

A vida, essa coisa colectiva, molda-nos segundo os seus interesses, os seus objectivos biológicos e sociais. Sou empurrado para aí. Arrastado por forças maiores, convirjo para aí, para onde todos convergem, para um resultado médio que serve a vida geral, e não a minha vida particular. Algo que está inscrito em mim manifesta-se agora. O que estava programado nas minhas células realiza-se, actualiza-se, cumpre-se. Nada posso fazer para contrariar essa vida que se cumpre em mim, essa realização mais forte do que eu. A vida arrasta-me para o auge e para a morte. Uma vida e uma morte querem cumprir-se em mim. Atingirei o meu auge, o ponto culminante e incerto onde terão rendimento máximo, na máxima harmonia possível, as minhas qualidades físicas e mentais, o meu vigor e a minha inteligência, a minha experiência e a minha energia criativa, todas essas faculdades que se equilibrarão entre si por um lapso de tempo (uma década? um ano? um mês? um dia?) como uma equipa de irmãos equilibristas num número de circo difícil e arriscado, tenso e espectacular. Pressinto esse auge e esse equilíbrio breve nas cordas tensas, em momentos em que os meus músculos e os meus pensamentos parecem faiscar. Todas as forças me impelem para aí, para o número prestigiante e necessário. A vida quer que eu cumpra essa promessa genética, precisa que eu o faça, que eu contribua para os esforços da vida. Fá-lo-ei ou não?

O frenesim da mudança. Os últimos caixotes, as malas, as arrumações, as limpezas superficiais. A camioneta das mudanças já levou quase tudo. O resto vai na velha carrinha do meu pai, que vai prestar-me um último serviço.

O gesto tantas vezes adiado e que deixou de ser imaginário: trancar a porta da casa que dá para o exterior, a única que ainda usava; guardar a chave no bolso; trancar o portão, consciente de que nunca mais voltarei aqui; guardar no bolso a chave do portão; cruzar o chão de cimento, última fronteira da cidade, riscado pelas rodas dos patins e das bicicletas destes rapazes que me encaram surpreendidos porque estou a estorvar a pista das suas corridas, das suas travagens arriscadas, mas que depois me concedem um olhar complacente e curioso; dobrar a esquina deste prédio, a primeira de muitas esquinas em direcção ao centro da cidade.

Por muito tempo fui excêntrico, e agora eis-me a avançar para o centro da cidade para aí me fixar. Já conheço estas ruas, mas antes elas eram apenas pontos de passagem. Em cada cruzamento congestionado, entre semáforos fechados e abertos, buzinadelas furiosas e peões que se esgueiram entre os carros fintando a morte, bem vejo os carros, os camiões e os autocarros atirarem-se uns contra os outros, desviarem-se no último instante e seguirem o seu percurso. Também eu me movo, me precipito, para o centro da cidade. Onde há mais gente, mais velocidade e menos espaço, para aí mesmo é que eu vou. Agora não tenho um lugar aonde regressar na periferia; aquilo que vejo desenrolar-se diante dos meus olhos vai ser o meu lugar. É um milagre, penso, quase comovido, olhando para este movimento e esta vida humana fervilhante de que tenho de fazer parte e que me leva irresistivelmente nos seus percursos, no seu tráfego ruidoso e desencontrado, precipitando-me e salvando-me do desastre no último instante. A vida existe aqui, desenvolve-se, persiste sobre este chão onde circulam veículos de metal e vidro com pessoas lá dentro. A vida funciona. As pessoas vivem e mantêm-se vivas. É com surpresa que o constato. Levado por estas correntes, arremessado, atraído para o centro aonde tudo vai ter, aqui vou eu.

Nota do Autor

As citações do *Rei Édipo*, de Sófocles, foram extraídas da edição dos Clássicos Sá da Costa, na tradução do P.ᵉ Dias Palmeira.